창문 넘어 도망친 엄마

창문 넘어
도망친 엄마

요양원을 탈출한 엄마와
K-장녀의 우당탕 간병 분투기

유미 지음

샘터

프롤로그

2018년 9월 샌프란시스코, 흐림

버스 창밖으로 비가 한두 방울 떨어지고 있었다. 오 여사와 나는 금문교 근처 정류장에 내렸다. 조금만 걸으면 입구였다. 날씨가 화창하면 좋았으련만, 다리의 절반을 짙은 구름이 가리고 있었다.

"엄마, 우리 사진 찍자."

준비해 간 셀카봉에 핸드폰을 장착했다. 흐린 금문교를 등지고 서서 오 여사와 내 얼굴을 핸드폰 카메라에 비췄다. 평소 오 여사는 사진 찍히는 걸 무척이나 싫어한다. 인상을 팍 쓰고 찍힌 사진은 보통 "엄마가 찍지 말랬지!"라고 말할 때 찍은 것들이다. 하지만 딸과의 미국 여행에 들떠서일까? 오 여사는 핸드폰 카메라를 들이대도 잠자코 있었다.

"유미야, 우리 여기 걸어서 건너 보자."

"걸어서?"

"응."

"엄마, 왕복 5킬로미터가 넘어. 춥지 않아? 비도 오는데."

"갈 수 있는 만큼 가 보고 중간에 돌아오면 되지. 뭐가 걱정이니?"

"알았어."

많은 사람들이 다리 위로 진입하고 있었다. 다들 다리 초입에서 포즈를 취하며 사진을 찍었다. 역시나 인증 사진에 관심 없는 엄마는 거침없이 걷기 시작했다.

나는요, 운동화만 신으면 용감해져요.

엄마의 단골 멘트다. 평소 구두에 스커트를 즐겨 입는 소녀 감성이지만 등산, 여행, 마라톤, 걷기 운동 등 운동화만 신으면 에너자이저로 변신했다. 운동화를 신은 엄마가 발동이 걸리면, 동행하는 사람이 한참 뒤에서 걸어오건 쓰러져서 기어 오건 모른다. 앞만 보고 걸어가니까. 엄마랑 걷다 보면 숨이 턱까지 차올랐다. 같이 외출했다 돌아오는데 엄마가 나보다 먼저 집에 도착해 있기도 했다.

　이번에도, 힘차게 걷는 오 여사의 등을 보며 하염없이 걸었다. 한참 걷다 보니, 문득 허전했다. 다리 위엔 우리밖에 없었다. 관광지에서 동료 관광객이 안 보이니 뭔가 잘못됐다는 불안감이 든다. 자전거들이 위협적인 속도로 우릴 지나쳐 갔다. 빗방울이 점차 굵어지고 있었다.

　"엄마, 이제 돌아가자!"

　저만치 앞에서 걷고 있는 엄마에게 소리쳤다. 물론, 엄마는 들은 척도 안 했다.

　"엄마! 진짜 걸어서 건널 셈이야?"

　여전히 돌아보지 않고 힘차게 걸음을 옮기는 오 여사.

　"아 엄마, 제발! 나 힘들어! 쓰러질 거 같다고!!"

　그제야 오 여사가 멈춰 서서 돌아봤다.

　"조금만 더 가면 될 것 같은데?"

　"헉헉. 엄마 안 돼. 더 이상 못 가. 비가 이렇게 오잖아. 게다가 자전거들이 쌩쌩 달려서 위험해. 돌아가자."

　오 여사는 고민하며 주춤거렸다.

　"망설일 거 없어, 엄마. 얼른 돌아가자. 비 많이 쏟아질 거 같아. 이제 가자."

　그제서야 오 여사는 못내 아쉬워하며 몸을 돌렸다.

"에이. 끝까지 가 보고 싶었는데."

"끝까지 가면 뭐가 있어?"

"그냥. 그러고 싶을 때가 있잖아. 끝도 없이 걷고 싶을 때."

엄마가 원래 이렇게 진취적이고 활동적이었던 건 아니다. 어렸을 때를 떠올려 보면 오 여사는 늘 누워서 뒹굴대며 책을 보거나 낮잠을 잤다. 집순이 오 여사가 집 밖으로 나가게 된 건 내가 초등학교 6학년 때. 승승장구하던 아빠의 사업이 갑자기 어려워지고 나서부터다. 아빠는 회사를 살리겠다고 더 일에 매달렸고, 전업주부였던 오 여사는 용돈이라도 벌어 보겠다고 나섰다. 다섯째 이모인 미선 이모는 당시 녹즙 대리점을 운영하고 있었다. 엄마는 미선 이모에게 녹즙을 받아 새벽 배달을 시작했다. 맨날 누워서 책 보고 낮잠 자던 오 여사가 과연 할 수 있을까 걱정스러웠다. 하나 웬걸. 엄마는 하루도 빠짐없이 새벽 세 시 반에 일어나 오빠와 내 도시락을 싸고, 첫차를 타고 여의도로 나가 사무실을 돌며 녹즙을 배달했다.

성실함에 더해, 오 여사는 특유의 긍정적인 태도와 상냥함으로 고객을 많이 확보했다. 집순이에 한량인 줄 알았던 오 여사는, 알고 보니 뭔가 시작하면 제대로 하는 사람이었다. 열심히 하는 사람은 누군가의 눈에 띄기 마련이던가?

어떤 회사에서는 한 임원이 회의실로 오 여사를 불러 '이 여사님만큼만 하면 더 바랄 게 없겠다'며, 직원들에게 본받으라고 한 일도 있었다.

한편, 세상사 재미있는 것. 당시 엄마는 일하면서 유독 한 회사를 칭찬했다. 직원들이 참 똑똑하고 예의 바르다는 것이다. 정확히 12년 후 내가 바로 그 회사에 다니게 될 줄은 꿈에도 몰랐겠지. 당시 오 여사는 일을 그만둔 지 한참 된 상태였지만, 내가 그 회사에 취업했을 때 너무나 기뻐했다.

"엄마, 나 처음에 거기 합격했을 때 어땠어?"

"무지 행복했지! 우리 딸 커서 저런 회사에서 일했으면 좋겠다고 생각했는데, 딱 그 회사에 들어갔잖아. 엄만 있잖아, 직원들이 목에 사원증 걸고 다니는 게 그렇게 멋져 보였어. 근데 나중에 우리 딸이 목에 사원증 걸고 출근하는데, 너무 자랑스럽더라고."

"나 퇴사했을 때 엄청 아쉬웠겠네?"

"좀 아쉽긴 했지. 그래도 엄마는 소원 이뤘으니 됐어. 난 너 하고 싶은 거 하는 게 좋아. 할 수 있는 건 다 해 봐. 넌 잘할 거야."

한참을 걸어 다시 금문교 초입에 다다랐다. 여기저기서 사진을 찍는 관광객들이 다시 보였다. 안도감이 들었다. 어느새 비는 그쳤고, 구름을 뚫고 나타난 태양이 금문교를 환히 비추었다. 더없이 건강한 65세 엄마와 진로를 틀어 새로운 일을 시작한 35세 딸. 하늘에서 내려오는 밝은 햇살은 우리 모녀의 찬란한 앞날을 암시하는 것만 같았다.

2023년 3월 서울, 흐림

토요일 오후, 소파에 앉아 통화를 하고 있었다. 내 목소리가 점점 심각해지는 걸 느꼈는지, 남편이 내 쪽으로 고개를 돌렸다. 나는 전화를 끊고, 남편을 보며 울먹였다.

"남편, 엄마가 이상해."

"장모님이 왜?"

"그냥 좀 이상해."

"어떻게 이상하신데?"

"말을 끝도 없이 해. 내 말은 안 듣고 자기 말만 하고 했던 말을 계속 반복해."

"나이 드셔서 그렇겠지."

"아냐, 단순히 나이 때문은 아닌 거 같아."

그때, 핸드폰으로 문자가 왔다.

– 유미야, 미영 이모야. 너희 엄마가 좀 이상한 것 같아. 엊그제 큰
  이모네서 다 같이 모였는데, 자꾸 이상한 말을 하더라고. 했던 말
  을 계속 반복하고. 그리고 기운이 너무 없고 걸음도 잘 못 걸어.
  누가 부축해야만 일어나고. 아무래도 네가 가 봐야 할 것 같다.

"이것 봐. 내 말이 맞지."
남편에게 핸드폰을 건네는 순간, 눈물이 펑펑 쏟아졌다.
뭔가 많이 불길했다.

요양병원이라는
신세계

　나는 뒷좌석에 엄마를 태우고 B시를 향해 달리고 있었다. 봄볕이 따스한 날이었다. 며칠 전 만개한 벚꽃이 길가를 하얗게 수놓고 있었다. 풍경과 달리, 내 마음은 무거웠다. 우리가 B시로 가는 까닭은, 누군가가 그곳의 요양병원을 추천했기 때문이다.

　미영 이모의 메시지를 받고 엄마에게 달려갔던 날, 엄마는 확실히 이상했다. 괜히 신경질을 내고 눈빛이 멍했다. 엄마가 보이는 증상을 인터넷에서 검색해 보니, 아무래도 '섬망' 같았다. 섬망. 처음 듣는 단어였다. 섬망은 '연세 드신 분이나 중증 환자가 몸이 급격히 쇠약해지거나 수술한 직후에 나타나는 현상'이다. 인지 저하, 망상, 환청, 환각, 배회, 폭력적 언행이 대표적인 증상이다. 치매와 섬망은 증상 면에서는 비슷하다. 그러나 치매는 증상이 서서히 나타나고, 섬망은 갑자기 나타난다는 게 차이점이다. 그리고 치매는 불가역적이지만 섬망은 가역적, 즉 시간이 지나면 정상으로 돌아온다.

엄마는 3월 초만 해도 괜찮았다. 멀쩡한 핸드폰이 느려졌다고 짜증 내고 문자 메시지 맞춤법이 틀리긴 했지만, 1월에는 그런 증상마저 없었다. 갑작스레 변한 걸 보면 치매가 아니라 섬망이렷다. 항암 치료 후 너무 쇠약해지고 설사를 오래 해서 그렇지, 몸이 정상으로 돌아오면 정신도 괜찮아질 것이다. 안방에서 화장실로 가는 몇 걸음도 겨우 옮길 만큼 기운이 없는데 정신이라고 멀쩡할까. 대학병원에서는 딱히 병명이 없어 안 받아 줄 것 같으니, 암 요양병원에 입원시켜 영양수액을 맞히고 기운을 차리게 하는 걸로 오빠와 결정했다. 오빠는 내게 엄마를 맡기고 새언니, 조카와 함께 하와이로 여행을 떠났다.

요양병원에 도착해 주치의로 배정된 의사와 면담했다. 고지식하면서도 책임감이 강해 보였다. 의사가 엄마의 상태를 면밀히 물어보며 수첩에 메모했다. 나는 2009년에 발병한 유방암과 2020년에 발병한 신우암, 2022년에 전이된

폐암에 이르기까지, 엄마의 암 발병 히스토리를 줄줄 읊었다. 이야기를 들은 의사가 신중히 고민하더니, 서랍에서 종이를 한 장 꺼냈다. 종이에는 암 면역 치료에 대한 소개가 나와 있었다. 이 면역주사들이 어떻게 암을 근본적으로 뿌리 뽑는지에 대한 설명을 보니, '왜 진작 이런 주사를 맞지 않았나' 하는 후회가 밀려왔다. 특히 마늘에 함유된 셀레늄으로 체내 암세포 킬러 기능을 강화한다는 셀레늄 주사를 보니, 평소 마늘을 싫어하던 엄마는 이걸 반드시 맞아야 한다는 확신이 들었다. 돈이 얼마가 들든, 무조건 하자.

"가장 좋은 치료는 이 네 종류의 주사를 모두 맞는 건데요, 한 달 동안 투여하면 약 1200만 원입니다. 강제는 아니니 참고하시고요."

"네? 1200만 원이요?"

입이 떡 벌어졌다. '돈이 얼마가 들든 무조건 하자'는 마음이 단숨에 사라졌다. 내 표정을 본 의사가 재빨리 말했다.

"아아, 물론 네 가지를 모두 다 맞으면 제일 좋지만 다 하실 필요는 없어요. 일단 이 두 가지 주사만 맞으면 될 것 같아요. 그러면 500만 원 좀 넘게 나올 겁니다."

"아 네…. 오빠랑 얘기해 보고 결정할게요."

엄마를 살리는 것도 중요하지만 1200만 원이면 큰돈이었다. 사실 돈도 돈이지만, 뭔가 상술 같아서 더 꺼려졌다.

온열치료니, 면역주사니 그런 걸로 암을 퇴치할 수 있다면 누가 대학병원에서 돈 들여서 수술하고 고생하면서 항암 치료를 받겠는가? 오빠랑 얘기해 본다고 둘러대고 나가려 는데, 의사가 조금 다급한 목소리로 날 불러 세웠다.

"잠깐."

"네?"

"정 힘들 것 같으시면… 최소한 두 번째 주사만은 권해 드립니다. 이 주사는 꼭 맞으세요. 180만 원 정도 듭니다. 아, 물론 강제는 아닙니다. 고민해 보고 얘기해 주세요. 부 담 갖지 마시고요."

부담? 이 정도면 부담을 넘어서 협박이다. 고지식해 보 였던 의사가 이젠 약장수처럼 보였다. 나는 "최대한 긍정 적으로 생각해 볼게요"라고 말하고 방에서 빠져나왔다. 그 러나 내 마음은 확고해졌다. 엄마에게 필요한 건 저런 의심 스러운 면역주사가 아니라 영양수액이다. 그저 몸이 약해 진 것뿐이니 수액을 맞으며 푹 쉬면 나아질 거라는 확신이 있었다. 괜히 귀 팔랑대다가 귀한 돈을 날릴 순 없었다. 접 수처에서 병실을 배정받는데, 간호사가 물었다.

"직접 간병하실 건가요?"

"아뇨, 아기가 있어서 가 봐야 해요."

"환자분은 거동이 힘드시니 간병인이 필요해요."

"그럼 어떡하죠?"

"저희가 간병인을 알아봐 드릴게요. 구하더라도 오늘은 힘들고 내일부터 가능할 거예요. 코로나 PCR 검사 때문에요. 내일 오전에 간병인이 올 때까지는 따님이 옆에 있으셔야겠어요."(코로나 방역 지침이 가장 엄격하던 시기였다)

그때였다. 접수할 때부터 내 주변을 서성대던 아주머니가 다가왔다. 환자복 차림에 손에는 자판기 커피를 들고 있었다.

"간병인 구해요?"

"네."

"내가 아는 사람 소개해 줄까요? 한국인이에요."

한국인이 아닌 간병인도 있나? 나중에 알게 된 사실이지만, 요즘은 조선족들이 간병인으로 많이 일한다. 일 잘하고 친절한 조선족도 물론 많지만, 그렇지 않은 사람도 있다고 한다. 그래서인지 '저희는 한국인만 보내 드려요'라고 홍보하는 간병 업체도 있다.

"네, 좋죠. 제가 아는 분이 없어서요."

"잘됐다. 내가 암 수술 세 번 하고 여기서 9년째 살고 있는데, 초반에 나 도와준 간병인이에요. 일을 어찌나 잘하고 싹싹한데요. 나랑 아직도 연락하며 지내요."

맙소사. 병원에서 9년을 살았다고? 아주머니의 얼굴을

자세히 뜯어보았다. 암 환자라고 볼 수 없을 만큼 건강한 혈색에 꼿꼿한 상체, 활기찬 말투였다. 그러고 보니 아까 로비 옆에 큰 방이 있었는데, 사람들이 모여 요가를 하고 있었다. 아마 이 아주머니 같은 장기 거주 환자들을 위한 것 같았다. 병원에서 그렇게나 오래 살았다니, 믿을 수가 없었다. 대체 무슨 돈으로 병원에서 1년도 아니고 10년 가까이 살고 있을까?

"저… 간병인은 얼마인가요?"

"그렇게 비싸지 않아요. 서로 얘기해 봐야 알겠지만 24시간에 12만 원 선이에요. 이분은 양심적이어서 많이 받지도 않아요."

"그렇군요. 24시간 있어 주시는 것치고는 싸네요."

12만 원을 24시간으로 나누면 시급 5천 원. 최저 시급의 반 정도다. 사람을 고용하는 것치고는 저렴한 금액이다. 하지만 나중에 간병인들에게 간병비를 지불할 때마다 무시무시한 현실을 자각할 수 있었다. '간병 파산'이라는 단어가 내 사전에 들어온 것이다.

아프면서 시작된
서글픈 일들

핸드폰이 울렸다. 요양병원 간호사실이었다.

"오미실 환자 따님이시죠? 오미실 씨가 영양주사 놔 달라고 해서 전화를 드렸어요."

"네, 놔 주세요."

"이 오마프원페리주가 영양 공급에는 최적이거든요. 그런데 비급여라… 비용이 12만 원이에요."

"아 네, 앞으로는 전화 안 하고 그냥 놔 주셔도 돼요."

"네…. 전화 받는 거 번거로우시죠? 보호자분들이 영양제 놔 준다고 하면 허락하시곤, 나중에 청구서 보고 항의하는 경우가 있어서요. 무슨 주사비가 이렇게 많이 나왔냐고.

그래서 저희가 부득이하게 매번 전화로 여쭙고 있어요.”

"아 네. 저는 괜찮으니까 엄마가 놔 달라고 하면 그냥 놔 주세요.”

길어야 한 달인데, 수액을 매일 맞는다고 집안이 망하진 않겠지. 사실 뭐라도 치료를 받아야 했다. 값비싼 면역주사를 결국 안 맞기로 했기 때문이다. 기본 입원비 외에 조금이라도 돈을 써야 쫓겨나지 않는다는 걸 눈치로 알 수 있었다.

그날 면담 이후, 의사가 전화로 엄마의 피검사 결과를 알려 주었다. 그는 엄마의 상태를 작은 것 하나하나 설명하고 배경 설명까지 곁들여 이해시켜 줬다. 그리고 전화를 끊기 전, 다시 한번 면역주사를 권했다. 수화기 너머 그의 목소리가 민망함으로 떨리는 것을 감지했다.

"죄송하지만 면역 치료는 못 할 것 같아요.”

"네, 알겠습니다.”

그가 간결하게 대답했다. 그리고 퇴원하는 날까지 다시는 면역주사를 권유하지 않았다. 참 저것도 못 할 짓이다. 위에서 얼마나 압박할까. 요양병원 페이 닥터는 영업의 최전선에 있는 존재였다. 잘하면 환자 한 명당 몇 천만 원씩 받아 낼 수 있는데, 그걸 설득해 내는 사람은 간호사도 병원장도 아닌 의사들인 것이다. 높으신 의사 선생님한텐 모양 빠지는 일임이 분명하지만, 어쩌겠는가. 의사도 먹고살아야지.

요양병원 웹사이트에서 의료진을 검색해 그의 약력을 찾아봤다. 그는 서울대 의대를 졸업하고 2차 병원에 잠시 있다가 이곳에서 쭉 일하고 있었다. 다른 서울대 의대 동기들은 대학병원에서 교수님 소리를 듣거나 개업해서 원장이 되었을 텐데, 그는 소도시 변두리 요양병원에서 말단 페이 닥터로 의심스러운 면역주사를 영업하고 있었다. 나이는 많아 봐야 50대 초반으로밖에 안 보이는데…. 박탈감을 느끼지 않을까? 그에게 어떤 사정이 있는지 궁금했지만, 알 길은 없었다.

나 대신 엄마를 돌봐 줄 간병인을 고용했지만, 몸은 편했을지언정 마음은 몹시 불편했다. 엄마는 하루 종일 내게 전화해 "대체 언제 내보내 줄 거냐"며 성화였다. 매번 "2주만 있다가 나갈 거야, 잘 걷게 되면 나갈 거야" 하고 말했지만, 그새 잊었는지 전화해서 같은 질문을 똑같이 반복했다. 며칠 지나니 전화는 뜸해졌지만 말이 점점 공격적으로 변해 갔다.

"전화기가 안돼서 답답해 죽겠어. 전화를 하는 것도 안되고 받는 것도 안돼. 짜증 나. 너 내 전화기 막아 놓은 거 아냐? 빨리 와서 전화기 좀 바꿔 줘."

"알았어 엄마. 주말에 가서 바꿔 줄게."

"너 나 여기다 처넣고 얼굴도 안 비추더라. 너, 여기 오기만 해. 내가 어떻게 할 건지 알아? 너한테 핸드폰 탁 하고 던질 거야. 너 들어올 때 얼굴 조심해라."

그러고선 기어들어 가는 목소리로 이렇게 덧붙였다.

"근데 맞으면 안 되지…. 우리 딸 얼굴에 상처 나면 큰일 나지…"

순둥이였던 오미실 여사가 이런 말을 하다니. 충격이었다. 왜 이렇게 공격적으로 변했을까? 엄마는 정말 치매에 걸린 것일까? 엄마가 이럴 때마다 마음이 쿵 하고 내려앉았다.

주말 아침, 서둘러 B시로 향했다. 집에서 차로 한 시간 거리였지만, 요양병원이 워낙 구석진 곳에 있어 좁은 골목을 뱅글뱅글 돌며 진땀을 뺐다. 도착해서, 로비 소파에 앉아 엄마가 내려오길 기다렸다. 로비에 앉아 있는 사람들을 보니, 상태가 안 좋아 보이는 환자도 있었지만 대부분 멀쩡해 보였다. 이들은 왜 입원했을까? 항암 치료 중 혹시 모를 상황에 대비해 입원한 사람도 있겠지만, 그렇다 해도 다들 혈색이 너무 좋았다. 이곳은 병원이 맞는 걸까? 요양병원이니 병원은 병원인데, 어째 멀쩡한 사람들이 속세에서 벗어나 유유자적 노니는 곳처럼 보였다.

엄마가 간병인을 대동하고 내려왔다. 이 병원 로비에서 상태가 가장 안 좋아 보였다. 걷기가 어려운지 간병인이 엄마의 한쪽 어깨를 잡고 부축하고 있었다. 왠지 입원하기 전보다도 안색이 더 안 좋아 보였다. 며칠간 영양수액을 맞았는데도 왜 저렇게 안 좋지?

간병인은 멀찌감치 떨어진 의자에 앉았고, 엄마는 내 옆에 잠시 앉아 있다가 아예 소파에 누워 버렸다. 핸드폰을 건네받아 작동해 보니 정상이었다. 엄마는 왜 핸드폰을 예전처럼 잘 사용하지 못하지? 아니, 그보다 왜 이렇게 핸드폰에 집착을 하지? 뭔가 불안했다.

"엄마, 핸드폰은 정상이야. 손가락으로 차분히 누르면 돼. 엄마가 잘 못 써서 그런 거니까 폰 바꿀 필요 없어."

전화로 그렇게 으름장을 놓더니만 내 얼굴을 보니 좋았나 보다. 엄마는 다시 온순한 오 여사로 돌아와 있었다.

"알았어. 근데 나 병원에서 언제 나가? 나가게 해 줘."

"잘 걷지도 못하는데 어떻게 나가. 조금만 더 있어."

"나 너무 답답해. 응? 제발. 내가 제일 싫어하는 게 병원이잖아."

계속 애원하니 짜증이 났다. 기운 없어 소파에 앉지도 못하고 누워 있으면서, 내보내 달라고 조르니 정말 난감했다.

"엄마, 그럼 걸어 봐. 일어서 봐."

엄마를 일으켜 세웠다.

"저기 벽까지 한번 걸어 봐. 저기까지 혼자 걸어가면 내가 퇴원시켜 줄게."

나는 엄마를 일으켜 세웠다. 휘청대며 일어선 엄마는 눈을 크게 뜨고 목적지를 노려봤다. 엄마가 젊은 시절 볼링 대회에 나갔을 때, 공을 들고 준비 자세를 취할 때 딱 그 눈빛이었다. 정신을 집중하고 가만히 한 곳을 바라본다. 진지한 표정, 결연한 눈빛, 출발.

그러나 엄마는 한 발을 떼자마자 휘청대더니 세 발도 못 가서 옆으로 쏠려 쓰러질 뻔했다. 내가 급히 가서 잡아 세웠다. 엄마는 내 팔을 뿌리치면서 또 혼자서 걸어 보려 했지만, 또다시 옆으로 크게 휘청댔다.

"아이고! 조심하세요."

지나가던 하얀 가운의 여자분이 엄마를 잡아 주었다. 엄마를 부축해 다시 소파에 앉혔다.

"엄마 이것 봐! 안 되잖아! 이런 몸으로 어딜 나간다고 그래!"

화가 났다. 이렇게 막무가내로 구는 엄마가 답답했다.

"에이 따님, 엄마 기분 조금만 이해해 주세요."

엄마를 잡아 준 하얀 가운의 여자분이 맞은편 의자에 앉왔다. 마음을 달래주는 인자한 웃음이었다.

"잡아 주셔서 감사해요. 엄마가 자꾸 막무가내로 퇴원한다고 하길래 걸어 보라고 했는데, 전혀 안 되네요."

"그렇죠. 지금 많이 쇠약하신 상태라."

여자분이 안타깝다는 표정을 지어 보였다.

"간호사 선생님이세요?"

"아뇨, 저는 여기 영양사예요."

"아 네!"

"어머니가 원래 활동적이셨죠? 매일 걸으러 다니고, 활동도 많이 하셨고요. 그전에 항암 치료 할 때도 혼자 운전해서 병원에 다녔다고 하시더라고요. 아마 여기가 답답해서 그러실 거예요."

"저희 엄마랑 얘기 나눠 보셨어요?"

"그럼요. 여기 소파에 누워서 저랑 한참 수다 떨고 그랬어요."

엄마는 힘에 부쳤는지 눈을 감고 있었다. 잠들었나? 영양사가 엄마를 힐끗 보더니 말을 이었다.

"여기서 나가고 싶어 하는 분들 많아요. 그래도 할 수 없죠. 몸은 성치 않고, 자식들이 모시기엔 사정이 안 되니 계실 수밖에…"

영양사가 말끝을 흐렸다.

"그래도 어머니는 회복해서 나가실 수 있을 거예요. 제가 밥 잘 드시고 걷기 연습 많이 하시면 나갈 수 있다고 틈틈이 말씀드릴게요."

"감사해요. 제가 옆에 못 있어 드리니까 마음이 너무 힘드네요."

"이해해요. 간병인 쓰니까 마음이 편치 않죠. 그래도 어쩌겠어요. 다들 삶이 있는데."

예전에는 누가 아프면 가족이 옆에서 돌봐야 한다고 생각했다. 그러나 실제로 닥치니 쉽지 않았다. 아픈 사람은 24시간 온전히 돌봐 줄 사람이 필요하다. 이는 곧 돌봄을 맡은 사람은 일상을 포기하고 환자에게만 붙어 있어야 한다는 걸 의미했다. 아무리 소중한 가족이라도 (환자가 자기 자녀가 아닌 이상) 그렇게 할 수 있는 사람이 얼마나 될까?

나는 결혼하기 전까지 엄마 껌딱지였다. 그러나 정작 엄마가 아프니 엄마에게 간병인을 붙여 주는 것 말고는 할 수 있는 게 없었다. 만약 내가 결혼하지 않았다면, 혹은 아기가 없었다면, 엄마의 병간호를 전적으로 맡았을까? 아마 처음에는 그랬을 것이다. 하지만 그 생활을 얼마나 지속할 수 있었을지 잘 모르겠다. 엄마가 이런 내 맘을 알아차린다면 배신감을 느낄까?

소파에 누워 눈을 감고 있던 엄마가 눈을 떴다.

"엄마, 여기 많이 답답해?"

"응."

"병실에 같이 있는 할머니랑 간병인이랑 수다 떨고 그래. 시간 잘 가게."

"응. 근데 별로 할 말이 없어. 내가 낮에 가만히 누워서 뭐 하는 줄 알아?"

"뭐 하는데?"

"창밖에 풍경이 아주 예쁘거든. 파란 하늘에 구름 떠가는 거 보면서 속으로 시 외운다?"

"어떤 시?"

"박목월의 〈나그네〉. 유미 너도 알지. 강나루 건너 밀밭길을 구름에 달 가듯이 가는 나그네…"

눈물이 핑 돌았다. 몸은 병상에 누워 있지만 정신은 나그네처럼 전국 팔도를 자유롭게 돌아다니는 엄마의 모습이 그려졌다. 아픈 사람은 병원 침대에 누워 치료받아야 한다는 일차원적인 생각뿐, 엄마의 마음이 어떨지 생각해 본 적 없다. 환자이기 전에 자유를 사랑하는 한 사람인데, 아프다고 해서 인간으로서의 당연한 욕구가 이렇게 간단히 무시되어도 될까? 아픈 사람도, 사람인데.

"엄마, 밥 잘 먹고 푹 자고 영양제 잘 맞고 있어. 딱 일주일만 더 있자."

　알았다고, 엄마가 멍한 눈으로 대답했다.

　그 일주일이 얼마나 늘어날지, 그리고 얼마나 다사다난
할지 그때는 알 길이 없었다.

구세주와 백의의 천사

　수요일이었다. 연차를 쓴 남편에게 아기를 맡기고 요양
병원으로 가고 있었다. 엄마가 핸드폰을 바꿔 달라고 어찌
나 끈질기게 요구하는지, 고장 난 게 아니어도 일단 바꿔
줄 작정이었다. 평일 낮 도로는 한산하고 날씨는 화창했다.
시간이 지난 후 돌아보면 이때의 봄은 유난히 화창하고 예
뻤다고 기억할 것이다. 절대 못 잊을 것이다. 절망스러운
내 상황과 대조되는, 비현실적으로 아름다운 날씨였기에.
　점심 직전 요양병원에 도착했다. 차를 대고 들어가 로비
소파에 앉았다. 나름 봄이라고 무릎 위까지 오는 원피스에
구두를 신었더니 의자에 앉기가 조금 불편했다. 어차피 오

래 안 있을 거니 상관없었다. 나는 핸드폰을 보며 간병인이 엄마를 데리고 내려오길 기다리고 있었다.

그런데 문득, 엄마가 걸을 때 유난히 왼쪽으로 쏠린다는 사실이 떠올랐다. 걸음걸이도 다리에 힘이 없어서 질질 끄는 게 아니라, 보폭이 아주 작고 재빨랐다. 혹시 엄마가 그냥 기운이 없는 게 아니라 다른 이상이 있는 건 아닐까? 핸드폰을 들어 검색창에 증상을 입력했다. 걸을 때 한쪽 쏠림, 밥 먹을 때 한쪽 얼굴 마비, 인지 저하, 카톡 작성 시 와해된 문자…. 검색 결과는 뇌졸중 증상과 매우 흡사했다.

'설마 뇌졸중일까? 에이 아냐, 그랬다면 지금까지 안 쓰러졌을 리가 없지. 하지만 경미한 뇌졸중이라면? 아직 쓰러지진 않았지만 점점 위험해지고 있다면?'

등골이 서늘해졌다. 대학생 때 동기 아버지가 뇌졸중으로 쓰러졌다. 불행 중 다행으로 동기 아버지는 병원으로 일찍 옮겨 목숨을 건지셨다. 한시름 놓은 동기가 이렇게 말했다.

"뇌졸중은 시간이 생명이야."

만에 하나 엄마가 뇌졸중 전조 증상을 보이는 거라면, 당장 대학병원으로 옮겨야 한다. 그러나 내 판단이 정확할지는 확신이 없었다. 전문가가 제대로 판단해 주면 좋겠는데…. 참, 요양병원에는 그가 있지. 서울대 의대 출신, 우리 엄마 주치의. 다행히 의사 선생님이 진료실에 있었다. 나는 의자에 앉자마자 엄마의 증상을 말했다. 가만히 듣던 의사가 말했다.

"전형적인 뇌졸중 증상인데요. 뇌졸중은 골든타임을 놓치면 안 돼요."

"혹시 여기 신경외과 선생님 계신가요?"

"안타깝게도… 저희 요양병원에는 신경외과가 없습니다."

"아 네…"

"지금이라도 응급실로 옮기는 건 어때요? 암 수술은 전부 S대학병원에서 했네요? 여기로 가는 게 제일 나을 것 같은데요."

"아 그런데 S대학병원 응급실은 좀…"

두 달 전, 엄마는 심한 두통과 발열 때문에 동네 내과에 갔다가 염증 수치가 너무 높으니 당장 응급실로 가라는 말을 들었다. 엄마는 혼자 동동거리다가 오빠가 사설 응급차를 불러 줘서 S대학병원 응급실로 향했다. 엄마가 사는 A시에서 S대학병원까지 두 시간이 걸렸다. 그런데 S대학병원 응급실에서는 엄마를 받아 주지 않았다. 응급환자가 많고, 증상이 그리 심하지 않다는 이유였다. 오후 네 시에 도착한 엄마는 밤 아홉 시 넘어까지 응급실에 들어가지 못했고, 대기하는 동안 응급차도 돌아가지 못했다(사설 응급차는 환자가 응급실에 들어가지 못하면 계속 대기하게 되어 있다).

결국 엄마는 근처 H병원 응급실로 가서 간단한 검사 후 장염 약과 항생제 처방을 받아 귀가했다. 이날 이후 엄마는 '죽으면 죽었지 다시는 응급실은 안 간다'라고 몇 번이나 말했다. 이 얘기를 들은 의사가 씁쓸하게 말했다.

"그게 우리나라 메이저 대학병원의 어두운 현실이에요. 환자에 대한 팔로업이 없거든요. 자기 병원 환자잖아요. 증상이 심하지 않아도 일단 받아 주고, 검사하고 약을 주고 보내든 해야 하는데… 바쁘다고 자기네 환자를 나 몰라라 해요. 이 주변에 있는 C병원이나 D병원은 지역에서 나름의 역할을 하는 편이거든요. 적어도 자기 병원 환자를 모른 척하지는 않아요."

이제 나는 기로에 섰다. 어떤 결정을 내려야 할까?

1번. 애써 모른 척하고 일주일 더 기다려 본다. 엄마가 영양제를 충분히 맞고 회복될 수도 있으니까.

2번. 죽이 되든 밥이 되든 일단 S대학병원 응급실로 간다.

1번이 심적으로 끌리긴 했다. 일단 엄마가 쓰러질 만큼 위급한 상황이 아니었고, 마음 한편으론 얼른 집에 돌아가 아기와 남편과 함께 시간을 보내고 싶었다. 평온한 날들을 조금이라도 더 늘리고 싶었다. 그러나 이는 나 자신을 속이는 선택을 의미했다. 엄마의 증상은 확실히 불안했다. 더 지체하다가는 어쩌면 이 요양병원이 엄마의 마지막 장소가 될 수 있었다.

하지만 2번은 내가 자신이 없었다. 두 시간을 꼬박 달려 S대학병원으로 가서, 응급실 앞에서 무작정 몇 시간을 기다릴 자신이 없었다. 만약에 이번에도 거부당하면 엄마는 엄마대로 고생하고 나도 절망할 것 같았다. 그리고 다시 두 시간이 걸려 이 요양병원으로 돌아와야 한다. 그럼 다시 원점이다. 고생만 하고.

"선생님, 그럼 이 방법은 어떨까요?"

내가 생각한 절충안은 이랬다. 의사가 말한 C병원과 D병원은 모두 요양병원에서 차로 10분 거리에 있었다. 그중 한 병원의 응급실로 간다. 증상을 말하고 뇌 CT를 찍어 본다. 아마 S대학병원보다는 응급환자가 적을 테니 접수를 거부하지 않을 것이다. 확실히 이상이 있다면 S대학병원으로 옮긴다. 하지만 이번에도 S대학병원에서 안 받아 준다면? …그건 그때 가서 생각해 보자.

"흠, 그것도 나쁘지 않은 생각이에요. 제가 C병원에 전화해 보고 소견서를 써 드릴게요."

"진짜요? 정말 감사합니다. C병원에 아는 분이 있으신 거죠?"

"아뇨, 없어요. 하지만 제가 어떻게든 응급실에 들어가실 수 있게 연락해 볼게요."

"감사합니다. 정말 감사합니다, 선생님."

연신 90도로 인사하며 그를 올려다봤다. 깜짝 놀랐다. 그의 등 뒤에 후광이 비치고 있었다. 그는 더 이상 왜소하고 초라한 요양병원 의사가 아니었다. 듬직하고 믿음직한 우리 엄마의 주치의였다.

로비로 나오니 엄마가 간병인과 소파에 앉아 기다리고 있었다. 왜 이리 오래 걸렸냐고, 배 안 고프냐고, 심각한 병에 걸렸을지도 모르는 상황에서 딸 밥걱정을 한다. 눈물이 고였다.

"엄마, 잘 들어. 엄마 어쩌면 뇌졸중 초기일지도 몰라. 아닐 수도 있긴 한데, 우리 응급실 한번 가 볼래?"

'절대 싫다'고 할 줄 알았던 엄마가 대답했다.

"그래, 가자."

예상외로 흔쾌한 대답이었다. 돌이켜 보면 엄마는 어떻게든 요양병원을 나가고 싶었던 것 같다.

"너 얼른 밥부터 먹고 와. 오늘 수제비 나왔는데 아주 맛있어. 딱 네가 좋아하게 생겼더라."

요양병원 1층에는 직원과 보호자들이 밥을 먹을 수 있는 식당이 있었다. 유리문에 '식권 2천 원'이라고 쓰여 있었다. 식판을 들고 어디에 돈을 내야 하나 두리번거리는데,

누가 말을 걸었다.

"오미실 여사님 따님!"

그때 그 영양사였다.

"안녕하세요! 저… 식권은 어디서 사나요?"

"식권 괜찮아요. 그냥 드세요."

"정말요?"

"네. 오늘 수제비 맛있게 됐으니까 많이 드세요. 두 번 드세요."

영양사가 한쪽 눈을 찡긋해 보이곤 동료 직원들이 있는 자리로 갔다. 엄마의 말동무를 자처하고, 속상해하는 날 위로하고, 밥까지 공짜로 주는 그녀는 백의의 천사였다. 간호사는 아니지만 아무튼 백의의 천사였다(흰옷을 입기도 했고).

나는 식판에 수제비를 듬뿍 담아 자리에 앉았다. 엄마를 응급실로 옮기기 전에 든든히 먹어야지. 국물을 한 숟갈 떠먹으니 살짝 매콤한 게 아주 맛있었다. 이래서 엄마가 계속 먹으라고 했구나. 밥이랑 반찬을 두 번씩 더 가져다가 싹싹 다 먹었다. 밥을 먹으니 조금 더 용기가 나는 것 같았다.

이제 엄마를 살리러 갈 시간이었다.

엄마의 머릿속에
있던 것은

　C병원 응급실은 한산했다. 요양병원 의사가 준 소견서를 응급실 입구 직원에게 전달했고, 곧 병상을 배정받았다. 엄마는 침대에 눕자마자 오들오들 떨기 시작했다. 응급실은 전혀 춥지 않았지만 체력이 떨어진 탓에 시도 때도 없이 추운 듯했다. 나는 컴퓨터 화면을 보고 있는 담당 간호사에게 다가갔다.

　"죄송한데요, 저희 엄마가 너무 추워하셔서 그런데 담요 있을까요?"

　간호사가 힐끗 쳐다보더니 말했다.

　"저희는 담요 없어요.. 시트 추가로 드릴 테니까 덮으세요."

참 친절하지 않네. 나는 시트를 받아서 엄마에게 덮어 주고, 엄마가 입고 온 옷을 위에 덮어 주었다. 그런데도 엄마는 여전히 추워했다.

"나 화장실 가고 싶어."

"응. 화장실 가자."

엄마를 침대에서 내려 부축해서 화장실에 갔다. 응급실이라 그런가? 화장실이 한 칸밖에 없었다. 그리고 매우 비좁았다. 바퀴가 달린 수액걸이를 조심해서 한쪽에 놓았다.

"엄마, 혼자 할 수 있지? 변기에 앉았다 일어날 때 조심해야 해."

화장실 문을 닫고, 엄마가 볼일을 다 보길 기다렸다가 엄마를 부축했다. 그런데 화장실 한쪽에 둔 수액걸이를 같이 끌고 가는 걸 깜빡했다. 몇 걸음 걷다 바닥을 보니 피가 흥건했다. 팔에 혈관이 안 보여서 발등에 수액 바늘을 꽂았는데, 수액걸이를 잊고 사람만 이동시켜 호스가 당겨지는 바람에 바늘이 뽑힌 것이다. 너무 당황하고 무서워서 허둥지둥했다.

"저기요! 여기 좀 도와주세요!"

큰일 난 것처럼 소리를 질렀다.

"별거 아냐. 바늘이 뽑혀서 그런 거야. 안 죽어."

엄마가 무심하게 말했다. 급히 뛰어온 간호사도 별일 아니라고 안심시키고 바로 조치해 줬다. 바닥에 흘린 피는 청소하시는 분이 와서 바로 닦아 주었다.

"엄마, 너무 미안해…"

바닥에 작은 웅덩이가 생길 만큼 많은 피에 충격받았다. 간병이 처음인 나는 요령이 전혀 없었다. 수액을 꽂은 환자는 이동 시 수액걸이를 함께 밀고 가야 한다는 기본 중 기본도 지키지 않은 것이다. 아픈 엄마를 이렇게 더 아프게 하다니 기분이 좋지 않았다.

그 후에도 엄마는 20분마다 화장실에 가고 싶어 했다. 신우암 수술 하면서 한쪽 신장 전체와 요도와 방광 일부까지 떼어 내서 화장실에 자주 갔는데, 수액이 계속 들어오니 더 자주 가는 게 당연했다. 수차례 엄마를 부축해서 화장실을 왔다 갔다 하는데 간호사가 말했다.

"소변 대야 드릴 테니까 환자분 거기에 소변 보게 하세요. 자꾸 움직이지 마시고."

간호사가 준 것은 가운데가 푹 들어간 플라스틱 대야였다. 사용 방법은 이랬다. 누운 채로 바지와 속옷을 내린다. 엉덩이를 힘껏 든다. 그 아래에 플라스틱 대야를 놓는다. 볼일을 본다. 대야를 빼서 바닥에 놓는다. 물티슈로 뒤처리를 한다. 속옷과 바지를 올린다.

화장실을 갈 때마다 피바다를 만들까 봐 조마조마한 것

보단 낫겠지만, 소변 대야에 볼일을 보는 건 엄마로선 딱히 유쾌한 경험은 아니었을 것이다. 엉덩이를 힘껏 들고 그 아래 대야를 놓고 일을 보면 소변이 허리 쪽으로 흐를 수밖에 없다. 그러므로 조절해서 아주 살살 볼일을 보아야 한다. 뒤처리도 찝찝하고 대야를 뺄 때 내용물이 흐를 염려도 있었다.

그리고 무엇보다, 창피하다는 게 문제였다. 응급실 침상마다 커튼이 있었지만 틈이 벌어져서 안이 훤히 들여다보였고(누가 일부러 보진 않겠지만), 의료진이 말도 없이 커튼을 확 열고 들어왔다. 환자가 바지를 내리고 소변을 보건 말건 관심 밖인 건 알겠는데, 환자는 수치심을 느낄 수밖에 없다.

"유미야, 환자는 프라이버시도 없니? 인간의 존엄성은 지켜 줘야 할 거 아냐. 아픈 사람은 사람도 아니니?"

응급실에서 엄마는 존엄성을 지닌 '존재'가 아니라 어떤 문제를 처리해 줘야 할 '대상'이었다. 시스템에 따라 움직이는 의료진은 절차와 효율을 중시할 뿐, 자기가 대하는 대상이 사람이라는 생각은 별로 없는 것 같았다. 소변보고 바지도 채 못 올렸는데 간호사가 휙 들어와서 자기 할 일을 하고 나가 버린다거나 나가면서 커튼을 다시 쳐 주지 않는 식이었다. 피 뽑다가 시트에 피가 묻어도 요청하지 않으면 시트를 갈아 주지 않았다. 너무 춥다고 말하면 귀찮다는 표정으로 얇은 시트 한 장 더 주는 게 다였다. 따뜻한 황토팩이라도 주면 좋으련만.

이해는 된다. 바쁘게 돌아가는 응급실에 의료진은 부족하고 해결해야 할 문제는 산더미 같으니 인간적인 배려와 친절까지는 사치일지도. '살려 주는 것만 해도 고마워해라'라는 말이 들리는 듯했다. 인간적인 배려야 어떻든, 잘 갖춰진 시스템과 생각보다 적은 환자 수 덕분에 엄마는 여러 검사를 비교적 빨리 마쳤다. 검사 결과를 기다리는 내내 엄마는 추워했고, 나는 옆에서 손을 꼭 잡아 주었다.

곰돌이같이 푸근한 인상의 의사가 다가왔다. CT 결과를 보러 오라고 했다. 심장이 터질 것 같았다. 제발, 제발, 제발 멀쩡해라. 엄마는 단순히 항암 치료의 후유증으로 쇠약해진 것이어라. 아무 이상 없으므로 다시 요양병원으로 돌아가도 된다고 말해라. 환자가 영양실조 걸릴 때까지 보호자는 뭐 했냐고 호통치고 돌아가서 잘 돌봐 드리라고 말해 줘라. 제발.

"뇌종양입니다."

…아무 말도 할 수 없었다. 역시 엄마의 문제는 심각한 게 맞았다. 그것도 아주아주 심각했다. 난 무의식중에 알고 있었던 것 같다. 뇌졸중보다 더 큰 문제가 있을지도 모른다는 것을. 하지만 무의식중에라도 알면 뭐 하나? 터져 나온

눈물이 도저히 수습이 안 됐다. 어디 가서 펑펑 울고 오고 싶었지만 그럴 때가 아니었다. 한시라도 빨리 설명을 듣고 조처를 해야 했다.

의사가 모니터를 돌려 보여 주며 말했다.

"환자분 오른쪽 뇌에 커다란 종양이 있어요. 뇌를 많이 밀어내고 있거든요, 지금. 기존에 암이 있으셨나요?"

"네. 신장 쪽에 있었고, 폐로 전이됐었어요."

"뇌전이인지 뇌 원발암인지는 조직검사를 해야 알겠지만 지금 위험한 상황이에요. 뇌부종이 심하고 종양이 호흡 중추랑 가까이 있어서 생명이 위험할 수 있어요. 빨리 수술해야 합니다."

항암 치료 끝난 지 6개월도 안 되었는데 뇌까지 번졌다니. 세상이 무너져 내리는 것 같았다.

"혹시 저희 병원에서 수술할 생각 있으세요?"

C병원에서 수술을? 그러면 안 될 것 같았다. 이전 수술을 전부 다 S대학병원에서 하기도 했고, 무엇보다 C병원이 아닌 S대학병원에서 수술해야 안심이 될 것 같았다. 머리 수술인데 아무한테나 맡길 순 없었다.

"아뇨. S대학병원으로 옮겨서 하고 싶어요."

"S대학병원 응급실에서 받아 줄지 안 받아 줄지 몰라요."

설마 뇌종양까지 생긴 자기네 환자를 안 받아 준다고?

어처구니가 없었다. 척 봐도 몇 센티미터는 되는 것 같은데, 3개월마다 한 번씩 하는 추적 검사에서도 발견 못 한 주제에…. 화가 났다.

"혹시 S대학병원 응급실에 연락해 주실 수 있나요?"

"해 드릴 수는 있어요. 그래도 제일 빠른 건 사설 구급차 불러서 응급실로 밀고 들어가는 거예요."

S대학병원 응급실 앞에서 또 진을 치고 기다리라고? 뇌에 있는 암이 호흡 중추를 누르고 있어 언제 숨이 멎을지 모르는 엄마랑 무한정 대기하라고? 그럴 순 없었다. 나는 의사에게 S대학병원 응급실에 연락해 달라고 간청했다. 그는 알겠다고 하고선 어디론가 가 버렸다. 사실 마음 같아서는 '제발 우리 엄마 살려 주세요' 하면서 무릎 꿇고 빌고 싶었다. 의사가 '이 환자는 아무리 봐도 너무 위독하니 빨리 받아 줘야 한다'라고 S대학병원에 나 대신 말해 주길 바랐다. 하지만 이런 환자가 수두룩할 텐데 우리 엄마만 특별대우를 해 줄 이유가 있을까.

눈물을 닦고 다시 병상으로 갔다. 커튼을 살짝 열어 보니 엄마가 눈을 감고 있었다. 얼굴색이 아까보다 더 창백해 보였다. 커튼을 열고 나와서 복도 의자에 앉아 펑펑 울었다. 왜 하필 우리 엄마에게, 그것도 머리에까지 암이 생겼을까. 독하기로 유명한 MVAC 항암 치료도 8차까지 이겨 내고, 매일 걷고, 좋은 음식 먹고, 긍정적으로 생활하고, 여행 다니면서 즐거운 삶을 살았는데 왜 머리에까지 번진 걸까? 진짜 이 암세포는 독하디독한 놈이 틀림없었다.

하지만 울고만 있을 순 없지. 이럴 때일수록 정신 차려야 한다. 심호흡을 한 후, 세면대에서 눈가를 물로 닦아 냈다. 마음을 굳게 먹었다. 커튼을 열고 들어가니 엄마는 눈을 뜨고 있었다. 옆 간이 의자에 앉아서 엄마 손을 잡았다. 내가 말하기 전에 엄마가 먼저 말했다.

"우리 딸, 고생 많다. 힘들지?"

또 눈물이 날 뻔한 걸 간신히 참았다.

"엄마가 힘들지 뭐. 난 괜찮아. 여기 병원에서 엄마 머리 CT 찍은 거 판독이 잘 안된다고, S대학병원으로 옮기는 게 좋겠대. S대학병원 응급실에서 자리 나면 연락해 준다니까 조금만 대기하자. 엄마도 S대학병원이 낫지?"

'엄마 뇌종양이래'라고는 절대 말할 수 없었다.

"그럼. 거기는 하도 다녀서 이제 집처럼 익숙해."

"그래, 연락 올 때까지 좀만 기다리자."

그때가 오후 세 시였다. 난 30분마다 의사에게 가서 혹시 S대학병원에서 연락이 왔는지 물었다. 그때마다 의사는 "아니요"라고 답했고, "전화 오면 알려 드릴게요"라고 말했다. 답답했다. '연락이 안 오면 전화 좀 다시 해 보세요.

바빠서 잊었을지도 모르잖아요'라고 말하고 싶은 걸 간신히 참았다. 혹시라도 기분을 거스르면 불이익을 당할까 봐, 간절하고 미안한 표정을 지으며 물러날 뿐이었다.

오후 여섯 시가 되자 응급실 담당 의사가 바뀌었다. 뭐야, 그 의사는 간다는 말도 없이 가 버렸네. 바뀐 의사가 히스토리를 알려나? 너무 불안했다. 조심스럽게 다가가 혹시 이야기를 들었느냐고 물었다. 새로운 담당의는 들었다고 말하며, 자신이 S대학병원에 한번 연락해 보겠다고 말했다. 나는 90도로 숙여 인사하고 조심히 뒷걸음질 쳐서 공손히 물러났다. 그게 할 수 있는 최선이었다. 최대한 불쌍하고 예의 바르게 보이면 뭐 하나라도 더 해 줄까 싶어서. 밖에서 만났으면 그냥 언니였겠지만, 여기서는 우리 엄마의 목숨을 살릴 열쇠를 쥔 사람이니까. 다행히 이 깐깐해 보이는 의사는 S대학병원에 여러 번 전화하며 성의 있게 대처해 주었다. 고마워서 껴안고 싶은 심정이었다.

드디어 S대학병원에서 연락이 왔다. 엄마는 C병원 응급실로 옮긴 지 열 시간 만에 사설 응급차를 타고 S대학병원 응급실로 옮길 수 있게 되었다. 우리가 S대학병원에 도착한 건 밤 열한 시가 넘은 시각이었다.

그렇게 다시, 원치 않은 시작을 하게 되었다.

아기가 된
우리 엄마

S대학병원 응급실에 도착해 병상을 배정받았다. C병원 응급실이 야전 막사라면 S대학병원 응급실은 최첨단 우주선 같았다. 의료 기기도 많고 시설이 번쩍번쩍했다. 앞자리 환자가 바지 내리는 모습을 나도 모르게 목격하는 C병원과 달리, 병상 간 구분이 잘되어 일부러 들여다보지 않으면 환자가 있는지도 모를 정도였다. 그러나 C병원도 S대학병원도, 응급실 보호자 의자는 똑같았다. 불편한 간이 의자.

도착해서 갖가지 검사를 하고 나니 새벽 두 시가 넘어 있었다. 점심 이후 아무것도 먹지 못해 몹시 배고프고 지친 상태였다. 편의점에서 사 온 빵과 우유를 한입에 해치웠다.

엄마는 세상모르고 자고 있었다. 수액, 뇌압 낮추는 주사, 승압제가 주삿바늘을 통해 주입되고 있었다. 이런 치료가 필요한 사람을 요양병원에 들여보내 수액만 맞히고 있었구나.

가만 보면 요양병원은 이름만 병원이지 치료랄 게 없었다. 영양주사나 면역주사로 병을 고치는 건 아니니까. 문득 친한 선배 어머니가 치매로 요양병원에 입소한 지 2주일 만에 핸드폰 사용법과 걷는 방법을 잊고, 7년 동안 와상 환자로 지내다 돌아가셨던 일이 기억났다. 환자의 병을 고치지 못하는 곳을 '병원'이라고 불러서야 되겠는가? 그럴 거면 병원이 아닌 '돌봄 기초 의료 시설' 같은 이름으로 부르는 게 낫지 않을까?

간이 의자에 쭈그려 앉아서 졸다 깨다 하며 밤을 보냈다. 이럴 줄 알았으면 청바지나 고무줄 바지 입고 올걸. 원피스가 무릎 위까지 올라오는 짧은 길이라 다리를 편하게 못 가눠 몸살이 날 지경이었다. 운동복으로 갈아입고 양반다리하고 싶은 맘이 간절했다.

'에휴, 왜 멋은 부리고 와서 이렇게 고생….'

"유미야, 나 똥 누고 싶어."

졸음이 확 달아났다.

"어… 엄마. 진짜? 아 어쩌지, 화장실 못 갈 텐데."

"그럼 침대에 싸라는 말이니?"

"안 되지…. 잠시만."

담당 간호사를 찾아갔다. 키가 작고 눈이 동글동글한 남자 간호사였다. 대변을 어떻게 보냐고 물으니 손을 들어 어딘가를 가리켰다. 그의 손가락이 향한 곳에는 엉덩이 부분이 쑥 들어간 의자처럼 생긴 간이 변기가 있었다. 그 옆에는 하얀색 패드가 잔뜩 쌓여 있었다. 간이 변기 안에 패드를 깔고 대변을 보는 거구나. 그러고 나서 패드만 쏙 빼서 화장실에 버리고. 내가 할 수 있을까? 내키지 않지만 어쩔 수 없었다. 간이 변기를 들고 엄마에게 다가갔다.

"엄마. 여기에 대변 누면 돼."

"여기서 똥을 누라고? 내가 미쳤니?"

"그럼 어떡해. 화장실까지 걸어가면 안 된다는데."

"됐어! 참을 거야. 내가 죽으면 죽었지, 바깥에서 바지 내리고 똥을 어떻게 누니?"

"엄마, 참으면 안 돼. 그냥 여기에 하자."

"필요 없어. 여기는 왜 대변 보러 화장실도 못 가게 해. 무슨 병원이 프라이버시라는 것도 몰라. 내가 아픈 사람이지만 수치심까지 잊은 건 아니다!"

엄마가 버럭 화를 냈다. 한숨이 나왔다. 그러게. 나라도 저 변기에 앉아서 대변 못 볼 것 같다. 손잡이 잡는 것만으로도 불쾌한데 저기다 엉덩이를 어떻게 댄담. 온갖 사람들이 저기에 엉덩이 대고 똥을 눴을 텐데(하긴 생각해 보면 공중화장실도 마찬가지다. 심지어 저건 1회 사용 후 소독이라도 하지 공중화장실 변기는 언제 닦는지도 모를 일이다).

엄마는 화가 난 표정으로 누워 있었다. 참는다고 했지만 정말 참아지려나. 다른 방법이 없을까? 커튼을 열고 나가 이번엔 여자 간호사에게 물었다.

"엄마가 간이 변기를 거부하시는데… 대변 보러 화장실 가면 안 될까요?"

"안 돼요. 그거 아니면 기저귀밖에 없어요. 편의점에서 파니까 사 오세요."

기저귀? 아기 키우면서 기저귀야 하루에 열두 번도 갈지만, 성인의 기저귀를 간다? 간이 변기도 감당 안 되는데 기저귀라…. 식은땀이 났다. 하지만 만에 하나 엄마가 참다 참다 침대 시트에 실수해 버린다면… 아찔했다. 나는 편의점으로 뛰어갔다. 어른용 기저귀가 종류별로 있었다. 그중 가장 안전해 보이는 특대형 밴드 기저귀 한 팩과 물티슈 두 팩을 샀다. 그냥 가져가기에는 창피해서 검은 봉지에 넣어 응급실로 뛰어갔다. 다행히 아무 일 없었다. 그러나 엄마의 표정이 썩 좋지 않았다.

"엄마… 괜찮아? 대변 급하지 않아?"

"몰라. 나 그냥 죽을 거야."

"왜 그래 진짜."

"이게 뭐니…. 내가 저런 데 앉아 대변 볼 사람이니?"

속이 상했다. 그렇지. 깔끔쟁이 공주님 오미실 여사는 그럴 사람이 아니다. 하지만 별수 없었다. 편의점에서 사 온 기저귀 포장을 뜯어 엄마 눈앞에 흔들어 보였다. 엄마는 애써 시선을 돌렸지만, 기저귀를 거부하진 않았다. 자포자기한 것 같았다. 엄마의 환자복 바지를 벗기고, 엉덩이를 들어 기저귀를 밀어 넣고 밴드를 채웠다. 특대형이라 그런지 엄마 엉덩이 크기의 세 배는 되어 보였다.

기저귀를 성공적으로 채우고, 의자에 앉았다. 온몸이 쑤시고 피곤했다. 옷이 얇아서 으슬으슬 떨렸다. 두통이 심하고 속도 안 좋았다. 이러다 내가 쓰러지는 건 아닐까. 엄마를 살리겠다는 불타던 의지는 24시간도 지나지 않아 사그라들었다. 아픈 엄마에겐 미안하지만 집에 가서 따뜻한 물에 샤워하고 침대에 눕고 싶은 맘이 간절했다.

"유미야. 이거 빼 줘."

엄마가 무표정하게 말했다. 그와 동시에 냄새가 확 풍겼다. 나도 모르게 몸이 얼어붙는 것 같았다. 엄마가 기저귀에 일을 보았구나. 아무렇지 않게 말했다.

"엄마, 아주 잘했네! 침대에 볼일 보는 것보단 이게 백

배 낫지. 내가 맨날 하는 일이 뭔지 알아? 기저귀 가는 거야. 나 이거 잘하니까 걱정 마.”

  사실은 도망가고 싶었다. 엄마의 똥 기저귀 가는 일은 상상한 적이 없었다. 내 나이 마흔도 안 됐는데 엄마의 기저귀를 갈게 될 줄이야. 나는 기저귀 밴드를 조심조심 풀어서 엄마의 엉덩이를 들었다. 건강한 변이 아닌 물변이었다. 이정도면 참기 힘들었을 텐데, 애썼네 울 엄마. 침착하게 위생 장갑을 끼고 물티슈를 왕창 뽑아 꼼꼼히 닦아 냈다. 비닐봉지에 물티슈가 산더미처럼 쌓였다. 기저귀를 둘둘 말아 봉지에 푹 집어넣었다. 엄마의 얼굴은 쳐다보지 않았다. 최소한의 배려랄까.

  뒤처리가 끝나고 엄마의 자세를 편안하게 잡아 주었다. 그제야 엄마의 얼굴을 보았다. 공허한 표정이었다. 어떤 기분일지 상상하기 싫었다. 한 달 전만 해도 누구보다 활기차게 살던 사람이, 이제는 기본적인 생리현상마저 남의 도움을 받는 신세가 됐다. 이렇게 한순간에 곤두박질치리라고 누가 알았을까? 원래 죽음으로 가는 길은 이렇게 스위치 탁 끄듯 갑작스러운 걸까?

  멍하게 있던 엄마가 입을 열었다.

  “딸, 엄마가 좋아하는 시 있다. 들어 볼래?

사랑하는 이여, 나 죽거든 날 위해 슬픈 노래를 부르지 마오
내 머리맡에 장미꽃도 그늘진 사이프러스도 심지 마오
무덤 위 푸른 잔디가 비와 이슬방울에 젖게 해 주오
그리고 생각이 나시면 기억하고, 잊고 싶으면 잊어 주시오
나는 그림자도 보지 못하고, 내리는 비도 느끼지 못할 거요
고통스럽게 노래하는 나이팅게일 소리도 듣지 못할 거요
해가 뜨거나 저물지도 않는 희미한 어둠 속에서 꿈을 꾸며
어쩌면 기억하겠지요, 어쩌면 잊을지도 모르지요

크리스티나 로세티의 시야."

엄마는 시를 외우며 죽음을 말하고 있었다. 본능적으로 끝을 예감한 걸까? 혹은 운 좋게 살아난다 해도 예전과 같은 삶은 없으리라는 걸 아는 걸까? 엄마는 삶의 끝자락에 설 때를 대비해, 이 시를 완벽하게 외우고 있었는지 모른다.

그때, 핸드폰이 울렸다. 새로 구한 간병인이었다. 남편이 더 이상 연차를 써서 아기를 돌볼 수 없었기에 난 집으로 돌아가야 했고, 오빠네 식구는 아직 하와이에 있었다. 시간은 오후 다섯 시. 엄마는 여전히 일반 병상을 배정받지 못해 응급실에 있는 상태였다. 조금 더 엄마와 함께하면 좋으련만, 규정상 보호자는 간병인 포함 1인으로 엄격히 제한

되어 내가 나가야만 간병인이 들어올 수 있었다. 엄마를 가만히 안아 주고 '금방 다시 오겠다'고 말했다.

　나가기 직전, 뒤돌아서 엄마의 얼굴을 보았다. 매우 서글퍼 보였다. 내가 외출할 때 날 바라보는 우리 아기와 같은 표정이었다. 고개를 돌리고 얼른 나와 버렸다. 하루아침에 아기가 된 엄마에게는 내가 필요했지만, 막상 내가 할 수 있는 건 많지 않았다.

억수로
운이 좋게도

응급실을 나왔다. 저 앞에 남편이 서 있었다. 인자하고 둥근 얼굴. 결혼 생활 2년 만에 그는 얼굴이 더 크고 둥그레졌다. 그가 내 손을 꼭 잡고 주차장으로 향했다. 차를 타고 병원을 나서자 눈물이 걷잡을 수 없이 쏟아졌다. 엄마가 뇌종양이라니….

유방암 때도, 신우암 때도, 폐암으로 전이됐을 때도 엄마의 죽음을 생각하지 않았다. 그러나 뇌종양은 달랐다. 영화나 드라마에서 "뇌종양입니다"라는 말을 들은 주인공들은, 얼마 후 빼빼 마른 몸에 하얗게 마른 입술을 하고 휠체어를 타고 나타나 슬프게 웃은 뒤 머지 않아 전부 죽었다.

　이제 마음의 준비를 해야 했다. 누구나 한 번은 죽고, 각자 죽음이 어떤 모습으로 찾아올지 모른다. 우리 엄마는 객관적으로 죽기 아까울 만큼 젊은 나이도 아니고, 나름 삶을 충분히 누리고 살았다. 그러므로 지금 하늘나라에 가도 그리 아쉽진 않을 것이었다. 하지만 흐르는 눈물을 주체할 수가 없었다. 남편은 흐느끼는 내 옆에서 말없이 운전했다. 평일 퇴근 시간이라 도로가 꽉 막혀 있었다. 그때 전화벨이 울렸다. 모르는 번호였다.

　"여기 S대학병원 신경외과인데요. 오미실 환자 보호자세요?"

　"네, 맞는데요."

　"내일 오미실 환자 수술 잡힌 거 아시죠?"

　"네? 내일요?"

　나도 모르게 목소리가 높아졌다. 응급실에 30시간 넘게 있는 동안 의사는 코빼기도 안 비쳤다. 그토록 많은 검사를 하면서 엄마가 어떤 상태인지 알려 주지도 않다가, 갑자기 내일 수술이라니. 30분 후에 의사와 면담하고 수술을 확정 짓자는 말이 이어졌다. 그러나 이 꽉 막힌 도로에서 차를 돌려 병원으로 돌아갈 순 없었다. 오늘 면담을 못 하면 수술 날짜는 미뤄질 수밖에 없다는 말에 기어이 분통이 터졌다.

　암 환자는 수술하기까지가 지옥이다. 1분 1초 몸속 암

덩어리가 커지는 기분에 얼마나 불안하고 초조한지 아는가? 그런데 당장 오늘 면담 못 하면 수술을 미룬다고? 미리 좀 알려 주든가, 자기들 멋대로 면담 시간 잡아 두고 못 오면 수술을 미룬다니. 가슴에서 천불이 일었다. 나는 담당의와의 면담을 통화로 하길 요청했고, 상대방은 알아보겠다고 하고는 전화를 끊었다.

슬픔은 어느새 분노로 변해 있었다. 돈 주고 서비스를 이용하는 소비자는 우리지만, 병원은 자기들 편한 대로 하면서 소비자가 맞추는 걸 당연시했다. 응급실에서 그렇게 의사를 찾았건만, 수술 담당 교수는 고사하고 응급실 담당의조차 오지 않았다. 사람들이 어디 가서 돈 쓰고 이런 대접 받으면 가만히 있을까? 병원이니까 다들 불만이 있어도 참고 견디는 거다. 목숨은 건져야겠으니. 아까 그 번호로 다시 전화가 왔다.

"저희 교수님께서 전화로는 면담 안 한다고 하시네요. 모레 오후 세 시쯤 병원에 와서 면담하시면 될 것 같아요."

"그럼 내일 수술은요?"

"안 해요."

"그럼 언제 해요?"

"모레 면담 후에 잡으실 것 같은데요."

한숨이 나왔지만 의느님과 어찌 싸우겠는가. 칼을 들고

사람의 생사를 결정하는 사람인데. 부글거리는 속을 가라앉히고 알겠다고 말했다. 오늘 밤까지는 간병인이 있고, 내일부터 모레까지는 하와이 여행에서 돌아온 오빠가 엄마를 간병할 예정이었다. 오빠가 의사를 만나 면담하겠지. 나는 할 만큼 했으니, 이제 그의 차례다.

　다음 날 아침, 간병인과 교대해 상주 보호자로 들어간 오빠에게 카톡이 왔다.

　– 엄마 계속 병원에서 나간다고 난리야. 여기 있기 싫대.
　　그러면서 병실에 고양이 먹인다고 츄르 사오란다.
　– 진짜? 병실에 고양이가 있어?
　– 바보냐. 없지. 엄마가 환각 보는 거지.
　– 상태가 더 심해졌네.
　– 나 10분밖에 안 있었는데 내 머리가 이상해질 듯.

　그렇지. 오빠는 엄마가 본격적으로 이상해지기 전에 여행 갔으니 엄마 상태를 알 리가 없다. 난 그보다 혹시 저 인간이 엄마 똥 기저귀라도 갈게 되면 어쩌나를 걱정하고 있었다. 비위가 유난히 약한 그는 엄마가 싼 대변을 견디지 못할지도 모른다. 하지만 다행히 기저귀 얘기는 없었다. 하긴, 엄마가 젊었을 때 본인 기저귀 수천 번은 갈았을 텐데 엄마 기저귀 몇 번 정도는 갈아야 자식 된 도리지. 딸이라고 더 잘한다는 법 있나. 기저귀 관련해선 모른 척하기로 했다.

　- 엄마 뇌가 부어서 그런가보다
　- 엄마 지금 영국왕실발레단 얘기 하는 중.

엄마는 재작년 영국에 다녀왔다.

　- 곧바로 수영 얘기 나오네.

엄마는 젊었을 때 우리에게 직접 수영을 가르쳤다.

　- 키 크는 주사 얘기 함.

오빠는 어려서 키 크는 주사를 맞았다(키는 크지 않았다).

　- 추리소설 얘기도 함.

　엄마는 다독가이며 셜록 홈스 시리즈와 애거사 크리스티의 추리소설을 좋아했다.

– 말 자체는 이상하지 않은데 5분 동안 주제가 수십 번씩 바뀌어.
　돌겠다.
– 좀만 버텨. 수술하면 좋아질 거야. 내일 의사랑 면담 잘해. 수술
　일정 최대한 당겨 보고.
– 알았어.

　다음 날 아침이 됐다. 오빠에게서 전화가 왔다.
　"야, 엄마 때문에 미치겠다. 밤에 잠을 아예 안 자고 말을 끝도 없이 해. 맥락도 없는 얘기를. 그러면서 침대에서 일어나서 나가려고 해."
　"엄마 혼자 걸을 수 있어?"
　"못 걷지, 몸을 아예 못 가누는데. 나 더는 못 하겠으니까 오후에 바로 간병인 불러. 엄마가 날 엄청 싫어해. 1분마다 나한테 가라 그런다."
　"에휴…"
　"전공의가 올라왔었는데, 이따 교수 면담할 때 최대한 많은 가족 참석하랬대. 너도 와. 아빠랑 이모들이랑 이모부들까지 불렀어."
　이혼한 아빠까지? 대체 왜? 무슨 일로 다 동원하라는 걸까? 혹시 상태가 너무 심각해서 마음의 준비를 하라고? 역시 엄마… 얼마 안 남은 걸까? 목이 꽉 막혔다. 시간에 맞

취 병원 로비에 도착하니 사람들이 도착해 있었다. 아빠, 오빠, 큰이모, 다섯째 이모랑 이모부, 나까지 총 여섯 명이 었다. 아니, 휠체어에 태운 엄마까지 일곱 명. 의사가 뭐라고 말할지 모르겠지만 그래도 가족끼리 뭉쳐 있으니 든든했다.

우르르 몰려 상담실에 들어가니 담당 교수가 앉아 있었다. 생각보다 젊었다. 한 40대 후반에서 많아야 50대 초반으로 보였다.

"많이 오셨네요. 자 이제 설명을 시작할게요."

"저 뇌에 암 있어요?"

엄마가 대뜸 끼어들었다.

"환자분, 가만있어. 내가 지금부터 설명할 거야."

엄마 외래 진료를 여러 번 따라가 봤지만 저렇게 대놓고 반말하는 의사는 처음이었다. 하지만 기분 나쁘지 않은, 조근조근 부드러운 목소리였다.

"자 여기 보세요. 이게 환자의 두개골 사진이에요. 이 덩어리가 보이죠? 이게 암입니다. 오른쪽 측두엽에 있어요. 전이인지 원발인지는 조직검사를 해 봐야 알겠지만, 지금으로선 조직검사가 큰 의미가 없어요. 수술을 해야 합니다. 하지만 예상되는 어려움들이 있어요."

"저기요, 나는 수술하는 거 하나도 안 무섭거든요? 궁금

한 게 있는데 내가 지금…"

엄마가 또 성급하게 끼어들었다.

"환자분, 내가 가만히 있으랬지? 이따가 질문할 시간 얼마든지 줄 테니까 설명 끝날 때까지 그냥 좀 있어. 응?"

이번엔 살짝 짜증스러운 말투였다. 약간 거슬렸지만, 다들 숨죽이고 의사의 브리핑을 듣고 있는데 끼어드는 엄마가 훨씬 더 거슬리는 상황이었다.

"언니, 선생님 말씀 마저 듣고 질문할까? 설명해 주신다잖아. 선생님, 이해하세요. 저희 언니가 워낙 똑똑해서 똑똑한 척하고 싶어서 그래요. 호호."

민망했는지 다섯째 이모가 끼어들었다. 잠시 침묵을 지키던 의사는 엄마의 상태에 대해, 그리고 전이성 뇌종양의 위험성에 대해 쭉 설명을 이어 나갔다. 아무도 중간에 끼어들 생각을 못 했지만 정신을 거의 놔 버린 엄마는 틈만 나면 끼어들지 못해 안달이었고, 가족들은 엄마가 입을 열 기미가 보이면 검지를 입에 갖다 대며 제발 조용히 하라는 시늉을 했다.

"지금 환자분은 아주 위험한 상태예요. 종양이 뇌를 밀고 있어서 언제 돌아가셔도 이상하지 않은 상황이고 뇌부종도 심해요. 조금 더 지체했으면 지금쯤 아마 돌아가셨을 거예요."

눈물이 왈칵 고였다.

"하지만! 우리가 뛰어난 의술로 조치를 해서 며칠 벌어 놓았으니 걱정하지 않으셔도 되고."

가슴을 쓸어내렸다.

"그렇다고 해도 갑자기 사망하는 경우도 있으니 아주 안심할 수는 없어요."

심장이 철렁했다.

"그렇지만! 환자분은 그럴 가능성은 희박해 보이니 너무 걱정하실 필요는 없고."

다시 숨을 내쉬었다.

"현재 종양이 3.5센티미터쯤 되거든요. 보통 암이 뇌로 전이되면 수술하기가 아주 까다롭고, 못 하는 경우도 많아요. 수술을 해도 언어장애나 편측 마비 같은 후유증이 남을 가능성도 커요. 간혹 아주 고통스러운 후유증이 남는 경우도 있어요. 환자분은 말이죠…"

모두가 숨죽이고 다음 말을 기다렸다. 침이 꿀꺽 넘어갔다. 너무 긴장돼서 기절할 것 같았다.

"환자분은 말이죠… 억수로 운이 좋게도! 암의 위치가 나쁘지 않고, 여기저기 퍼져 있지도 않아요. 이 경우 수술로 암이 깨끗하게 제거될 확률이 몇 프로다? 약 99프로다! 후유증도 남을 가능성이? 거의 없다! 그러니 저만 믿고 수술하시면 됩니다. 제가 살려 드릴게요. 됐죠, 이제?"

　나도 모르게 힘차게 박수를 쳤다. 다들 마찬가지 심정이었는지 안도의 한숨을 쉬며 모두 박수를 쳤다. 위대한 인물의 엄청난 연설을 들은 것 같았다. 연로하신 큰이모도 눈물을 흘리고 있었다. 30분에 걸친 브리핑을 끝낸 교수의 얼굴엔 만족스러운 표정이 떠올라 있었다.

　아, 이제 알았다. 이 의사는 자신의 멋짐을 보여 주고 싶어서 최대한 많은 사람을 참석시키라고 했구나. 아무렴 어때, 살려 준다는데. 엄마를 살려만 준다면 밤을 새워서라도 그를 칭송할 수 있다. 아차, 근데 아직 수술 안 했지. 수술은 언제 하나요?

　"오늘은 안 할 거야. 너무 당연하지? 시간이 늦었잖아. 내일도 안 할 거야. 수술 스케줄이 이미 꽉 찼어. 모레 하자."

　내게도 너무 자연스럽게 반말을 구사해서, 혹시 우리가 원래 알던 사이인가 싶어 그의 얼굴을 찬찬히 뜯어보았다. 전혀 모르는 얼굴이었다.

　"이제 다들 돌아가세요. 환자분은 모레 나랑 만나, 알겠지? 맘 편히 먹고."

　상담실을 나왔다. 엄마는 뇌에 암이 있다는데도 시종일관 아무렇지도 않은 표정이었다. 엄마가 충격받을까 봐 그렇게 숨겼는데, 막상 본인은 아무렇지도 않았다. 오히려

'아 귀찮게 또 수술받게 생겼네' 하는 표정이었다. 나만 잠 못 자고 마음고생했네. 아무래도 좋았다.

엄마는 살 수 있을 것이다. 억수로 운이 좋게도.

간병 파산을 걱정하며
인생을 한탄함

　수술 날이 되었다. 수술은 오후 네 시. 그날의 마지막 순서였다. 아침 일찍 전화가 왔다. 가슴이 철렁했다.

　"따님, 나 미치겠어. 엄마가 밤새 잠을 안 자. 틈만 나면 침대에서 내려오려고 해서 내가 아주 죽을 고생을 했어. 말도 좀 많은 게 아냐. 병실 사람들이 다 잠을 못 잘 정도라니까. 나 이런 식으로 하면 간병 못 해요."

　간병인이 지금 그만두면 다른 선택지가 없다. 나는 아기에게 묶여 있고, 오빠는 올해 연차를 거의 다 쓴 상태였다.

　"죄송해요. 뇌가 부어서 그런 것 같아요. 원래 말 없고 얌전한 분인데… 오늘 수술이니까 조금만 참아 주세요."

"휴… 내가 딸 사정 딱해서 봐주는 거야. 원래 간병비에 3만 원 더 얹어 줘. 16만 원. 이 정도면 하루에 20만 원은 받아야 하는데 나는 조금만 받는 거야."

감사하다, 조금만 더 애써 달라 말하며 가슴을 쓸어내렸다. 돈으로 해결할 수 있다면 다행이지. 엄마가 입원하면서 힘든 일이 한둘이 아니지만, 특히 짜증 나는 건 보호자 교대가 까다로워 간병인을 24시간 고용할 수밖에 없는 상황이었다. 코로나 팬데믹 이후 병원은 상주 보호자 1인 체제로 바뀌었다. 이 때문에 외부 간병인이든 가족이든, 환자의 보호자는 딱 한 명만 허락되었다.

환자 얼굴이라도 보고 싶으면 상주 보호자로 교대해야만 가능한데, 그러려면 보건소에서 PCR 검사를 하고 다음 날 나오는 음성 결과지를 제출해야 가능하다. 병원을 한 발짝이라도 나가면 병실에 다시 들어올 수 없다. 다시 PCR 검사를 하고 다음 날 음성 결과지를 들고 와야만 병원 출입이 가능하다.

팬데믹이 심할 때야 그렇다 쳐도, 위드코로나가 된 지 한참 됐는데도 왜 이 규정은 안 바뀔까? 환자 간병 때문에 필요하다고 해도 PCR 검사를 안 해 주는 보건소가 많다. 그렇다면 돈을 주고라도 사설 기관에서 받으면 될 것 아니냐고? 검사비를 7~10만 원씩 받고 PCR 검사를 해 주는 2차

병원들도 있지만, 자기 병원에 입원하는 환자와 보호자만 해 주는 경우가 대부분이다. 그러니까 환자를 만나거나 간병하려면 PCR 검사를 꼭 해야 하는데, 그 검사를 해 주는 곳이 없다. 이 무슨 모순적인 일인가?

그렇다면 병원에서 직접 검사를 해 주면 될 텐데, S대학병원에서는 입원 환자와 보호자들의 PCR 검사를 해 주지 않았다. S대학병원에 입원하려면 보건소에 가서 PCR 검사를 받고 와야 한다. 딱 응급실을 통해 입원하는 환자만 PCR 검사를 해 준다. 아주 위독한 환자의 보호자도 똑같다. 가족이 위독한 환자를 보러 들어오려면 PCR 검사서를 제출해야 한다. 새벽에 연락받은 가족들은 급히 PCR 검사 가능한 곳을 찾아다니고, 게다가 음성 확인서가 나올 때까지 몇 시간을 또 기다려야 한다. 어떤 환자들은 가족들이 PCR 검사 받으려고 밤늦게 이리저리 뛰어다니는 와중에, 홀로 쓸쓸히 생을 마감하기도 했다.

이러한 시기, 사람의 죽음은 정말 초라하다. 임종 시 곁을 지킬 수 있는 가족도 단 몇 명에 불과하다. 병원이 코로나를 핑계로 자기들 편의만 고집하기 때문이다. 열 명이든 스무 명이든 코로나에 안 걸렸으면 환자를 보러 들어올 수 있어야 할 것 같은데, 음성 조건에 인원 제한까지 걸어 마지막 가는 길마저 볼 수 없게 한다.

보호자 교대가 이토록 까다롭기에 환자 대부분은 간병인 한 명이 24시간 돌볼 수밖에 없다. 좋은 간병인이 더 많겠지만, 나쁜 간병인이 걸려도 가족들은 알 길이 없다. 감독할 수가 없기 때문이다. 돌봄은커녕 잠만 자고 핸드폰 들여다보는 사람, 환자에게 폭언을 일삼는 사람, 심지어 폭행하는 사람까지 별사람이 다 있다. 말없이 잠적하는 사람도 종종 있다. 피해는 모두 환자의 몫이다. 심지어 그마저도 구하기 어렵기에 간병비는 부르는 게 값이다. 2023년 기준 서울 지역 1일 평균 간병비는 12~14만 원(케어가 어려운 환자는 20만 원을 초과하기도 한다) 선으로, 열흘이면 150만 원에 육박하고 한 달이면 400만 원이 넘었다.

이 금액도 아찔한데 문제는 딱 이만큼만 드는 것도 아니라는 점이다. 환자 케어가 어렵다면서 약속한 금액에 얼마를 더 달라는 경우는 예사고 유류비, 유급휴가, 각종 간식과 식대 등을 청구하기도 한다. 어떤 사람은 2일 일하고 3일 치를 달라고 요구하기도 했다. 퇴원 시간이 좀 늦어져서 그날 다른 일을 못 구했으니 그걸 보전하라면서. 이것저것 달라는 대로 주다 보면, 그야말로 간병 파산이 코앞에 닥치는 것이다.

큰 병에 걸리면 신체적 고통은 물론이요, 부차적으로 감내해야 할 것들이 너무나 많다. 신체적, 감정적, 재정적 어려움이 동시에 닥친다. 아픈 것도 서러운데, 이런 식이면 환자더러 죽으라는 것과 뭐가 다를까.

오후 다섯 시가 넘었다. 엄마의 수술은 예정 시간보다 늦게 시작되었다. 우리 자신만만 교수님 말대로 성공 확률이 99퍼센트이므로 걱정할 필요는 없을 것이다. 그러나 한 시간, 두 시간⋯ 네 시간이 지나도록 연락이 없었다.

– 수술실에서 연락 없어?

병원에 있는 오빠에게 카톡을 보냈다. 코로나 규정 때문에 수술실 앞에서 가족이 대기하지 못한다. 수술 중에 가족은 병원 로비에서 대기하다가 연락이 오면 중환자실 앞으로 가야 한다.

– 아직 없어.

일곱째 이모인 미주 이모는 수술실 앞에서 대기 할 수 없는데도 기어이 병원에 갔다. 같은 공간에라도 있어야 마음이 놓일 것 같단다. 나는 이번에도 아기를 돌보느라 가지 못했다. 지난번 폐 전이 암 수술 때는 만삭이어서 못 갔는데.

잠든 아기 옆에 누웠다. 엄마는 내 인생의 굵직한 이벤트 때마다 이런 식이었다. 결혼식 준비할 때 엄마랑 드레스 구경 다니고 살림살이도 고르고 싶었는데 엄마는 신장 하나를 떼어 내고 항암 치료를 견디고 있었다. 만삭 때는 엄마가 해 주는 밥 먹으면서 뒹굴대고 싶었는데 엄마는 폐 하나를 떼어 내고 항암 치료 중이라 오히려 내가 엄마를 돌보지 못해 미안해해야 했다. 이제 신생아 키우면서 엄마 도움이 절실한데 또 이렇게 수술을 받다니…. 게다가 엄마는 거의 아기로 돌아가 하나부터 열까지 도움이 필요한 상태였다.

생각은 흘러 흘러 과거로 향했다. 내 인생이 어쩌다 이리됐을까? 이십 대 후반까지만 해도 좋은 삶이었다. 일들이 원하는 대로 흘러가고, 목표를 대부분 성취하면서 조금은 내가 특별하다고 생각했다. '남들은 못 해도 나는 할 수 있다'는 맹목적인 믿음까지 있었던 것 같다. 삼십 대에 들어서자 무슨 이런 시건방진 애가 다 있냐는 듯 세상에게 정신없이 얻어맞았다. 남자 친구의 배신, 여러 번의 퇴사, 아빠의 사업 부도, 부모님의 이혼, 경제적 어려움, 엄마의 암 발병까지…. 인생에서 통제할 수 없는 일들이 속속 터졌고, 나서서 해결하려 할수록 더 꼬여 버렸다.

뼛속까지 무력해지고서야 서서히 깨달았다. 나는 특별히 잘난 게 아니었다. 그저 좋은 환경에서 태어나 운이 따라 줘서 잘 풀린다 착각했을 뿐. 맨몸으로 세상에 부딪히고 서야 진짜 나라는 인간을 마주하게 된 것이다.

　수술 시작 후 거의 다섯 시간이 지나서 엄마의 수술이 끝 났다. 수술이 잘되었다는 소식을 오빠에게 전해 들었다. 잠 든 아기의 얼굴을 보며 안도의 눈물을 흘렸다. 이제 다 잘 될 것이다. 다시 일상으로 돌아가자. 힘든 일이 있어도 다 지나가기 마련 아닌가. 이번에도 다 지나가고 금세 괜찮아 질 것이다.

폭풍 전야

수술 전 작성하는 수술 동의서에는 발생 가능한 합병증이 나열되어 있었다. 전신마비, 안면마비, 연하곤란, 간질, 뇌경색, 뇌하수체기능장애, 부정맥, 심근경색, 심장마비, 쇼크, 혈전, 심기능부전, 기흉, 객혈, 폐수종, 호흡마비, 장천공, 췌장염, 간기능부전, 요로감염, 신기능부전, 요도 및 방광 천공, 피부조직 괴사….

이 후유증이 전부 다 오진 않겠지만 조금 놀란 건 사실이다. 수술에 따르는 위험이 이렇게 많다니. 그러나 방법이 없었다. 뭐가 올지 모르는 수술 후유증과 당장 죽음 중 선택하라면 당연히 전자였으니. 수술 후 중환자실로 옮겨진 엄마는 새벽에 다시 일반 병실로 옮겨졌다. 오전 열한 시쯤 되자 통화가 가능할 만큼 멀쩡해졌다. 안도의 눈물이 흘렀다. 우리 엄마는 진정 건강 체질인가 보다. 대수술이 끝난 지 24시간도 안 됐는데 벌써 이렇게 멀쩡해지다니. 수술 동의서의 무시무시한 합병증들은 평소 지병이 있는 사람들에게나 해당되지, 엄마는 괜찮을 것이다. 그 나이에 흔한 고혈압이나 당뇨, 관절염 하나 없는 엄마 아닌가. 암이 잘 생겨서 문제지.

"엄마, 밥 잘 먹고 잠 많이 자, 알겠지? 그래야 얼른 회복해."

"나 아픈 곳 하나도 없어. 이제 나가기만 하면 돼."

암 수술을 네 번 거치는 동안 엄마가 신세를 한탄하거나 눈물 흘리는 모습을 단 한 번도 보지 못했다. 오히려 내가 속상해서 자주 울었고, 그때마다 엄마가 날 위로하고 괜찮다며 꼭 안아 주었다. 매번 수술도 씩씩하게 받았다. 신우암 때는 수술 직후 병실로 이송되면서 마취가 다 깨지도 않았는데 "엄마 왔다!" 하고 손을 휘저으며 웃었더랬지. 이번에도 그때처럼 금세 회복하고 일상으로 돌아갈 것이다. 우리 엄만 보통 사람이 아니니까.

곤히 자고 있던 한밤중, 핸드폰이 울렸다. 깜짝 놀라 눈을 떴다. 새벽 한 시. 발신자는 '오미실 여사'였다. 바로 전화를 받았다.

"야, 너 뭐 하는 짓이야. 나 왜 가둬 놨어? 수술 끝났으면 집으로 가야지 왜 여기다 가둬 놔?"

"엄마 수술한 지 이틀밖에 안 됐어. 며칠 회복하고 나가야 돼."

"무슨 회복이야. 나 지금 멀쩡하다니까. 너 의사랑 짜고 나한테 사람 붙여 놨지? 이 여자 빨리 안 내보내?"

엄마는 간병인을 말하고 있었다.

"엄마 왜 그래. 뇌수술한 사람은 혼자 있으면 안 된대. 누가 옆에 있어야 돼."

"그럼 니가 오면 되잖아."

"난 아기 때문에 못 가지. 왜 그래 엄마."

"어린이집에 맡기고 오면 될 거 아냐. 암튼, 빨리 저 여자부터 내보내. 나 저 여자 싫어."

"병원 규정이 그런 걸 나더러 어떡하라고."

"아 진짜! 규정은 무슨 얼어 죽을…."

"엄마. 제발 그냥 있어 좀."

"야, 엄마 엄마거리지 마. 기지배가 하라면 할 것이지, 무슨 말이 이렇게 많아."

"엄마 대체 왜 그래. 어디 안 좋아?"

"시끄러! 확 그냥…. 당장 해결해."

뚝. 전화가 끊긴 후에도 벙쪄서 그대로 있었다. 평소 내

성적인 엄마는 욕은 입에 담지도 못하고, 오빠와 나를 부를 때 이름을 다정하게 불렀다. 내 기억으로 한 번도 나를 '야'라고 부른 적 없었다. 그런 오미실 여사가 나를 "야, 야" 하면서 '기지배'라 부르고 협박까지 하다니. 내가 알던 엄마가 아니었다. 게다가 목소리는 왜 이렇게 커? 평생 고운 목소리에 나긋나긋한 사람이었는데….

하루 이틀 사흘… 엄마의 증세는 점점 심해졌다. 기분이 좋아져 쉴 새 없이 말을 쏟아 내다가 갑자기 화내기를 반복했다. 특히 밤에는 나와 오빠에게 번갈아 전화하여 짜증을 냈다. 얌전한 공주 같던 오미실 여사는 이제 거친 아줌마가 되어 있었다. 엄마는 종양내과 의사를 찾아 온 진료실을 휘젓고 다니기도 했다. 다행히 담당 의사가 엄마 말을 들어주고 얌전히 돌려보내 별문제 없이 끝났다. 다른 의사였으면 만나 주기는커녕 침대에 묶어 놓고 진정제를 투여했을지도 모를 일이다.

문득, 수술 동의서에 적혀 있던 후유증 리스트가 생각났다. 분명 거기엔 극단적인 성격 변화 같은 항목은 없었다. 혹시 뇌수술 환자들이 비공식적으로 보이는 증상은 아닐까? 정보를 찾아보려 네이버에서 뇌종양 환우 카페에 가입했다. 신장암 환우회, 폐암 환우회, 종합 암 환우회에 이어 네 번째 암 카페 가입이었다.

검색해 보니 수술 후 섬망 증상은 흔했고 극단적인 성격 변화도 간혹 보였다. 어떤 60대 남성은 뇌수술 후 의료진과 가족에게 폭언과 폭력을 행사하다가 정신과 협진을 받고 호전되어 퇴원했다. 한 50대 여성은 누가 자기를 해치려 한다고 소변줄과 주삿바늘을 뽑고 병원을 탈출했다가 경비에게 붙들려 되돌아왔다. 진정제를 맞고 며칠 회복한 후 무사히 퇴원했다. 뇌수술이 으레 그러는지, 신경외과 의료진의 고생이 말도 못 한다는 얘기도 있었다. 수술 후 이상 행동을 보이는 사람들로 신경외과 중환자실이 아비규환이라는 것이다. 그래도 대부분 며칠 안에 많이 좋아져서 본인이 그런 행동을 한 것도 잊고 퇴원한다고들 했다. 마음이 조금 놓였다.

그러나 수술 후 제정신으로 돌아오지 않는 케이스도 꽤 있었다. 한 70대 여성은 뇌수술 후 치매 증상을 보이다가 폭력성과 배회 증상까지 더해져 병원 침대에 묶여 지냈다. 어떤 사람은 아버지가 수술 후 심각한 정신적 문제를 겪고 있지만, 의사는 수술과 관계없다고 말하며 원인을 규명하지도, 치료 방향을 제시하지도 않는다고 하소연했다. 의사들은 외과적인 면에서 수술이 잘됐다 잘 안됐다를 판단할 뿐 수술 후 나타나는 성격 변화, 망상, 불안증 등은 외면하는 것 같았다. 수술 후 성격이 변해 일상생활에 지장이 생겨도 의사들은 수술이 잘되었다고 본다. 뇌출혈이나 부정맥 같은 명백한 외과적 이상이 아닌 이상, 이런 문제는 후유증의 축에 끼지 못한다. 생명과 직접 관계가 없는 '삶의 질'이 어떻게 변했는지는 의사의 소관이 아니라는 걸까?

가만 보면 메이저 대학병원은 병을 고치는 곳이라기보다 거대한 수술 공장 같았다. 신체 일부를 열고 원인이 되는 무언가를 잘라 내거나 접합한 후 바이탈 사인을 안정화시키고 특별히 수치에 문제가 없으면 밖으로 내보내는 거대 시스템으로 돌아가는 공장. 이 안에 환자의 삶의 질이나 완전한 회복 같은 항목은 잘 보이지 않았다. 병원은 지침대로 의술을 제공했으므로 회복은 각자 알아서 해야 한다. 회복하지 못하면 그건 환자 사정이지 병원은 책임이 없다.

물론, 병원이 신도 아니고 병의 모든 책임을 져야 한다는 건 아니다. 그러나 환자의 병을 고치고 죽는 날까지 인간답게 살도록 도와줄 수 있는 곳이, 이젠 수술만을 위한 장소가 되어 가고 있는 느낌이라 씁쓸했다. 아무리 아파도 수술 일정이 잡혀야 입원을 시켜 주고, 수술을 하면 최대한 빨리 병상을 비워야 하고, 곧 숨이 넘어가게 생겼는데도 수술 불가인 환자는 병원에서 내보낸다. 전국에서 환자가 몰리니 이해 못 하는 바는 아니지만 환우 가족으로서 마음이 좋지 않은 건 어쩔 수 없었다.

드디어 퇴원 날이 되었다. 엄마는 여전히 쉴 새 없이 말하고 있었다. 나는 대답을 하는 둥 마는 둥 하며 담당 교수의 회진을 기다렸다. 이윽고 우리 신경외과 교수님이 병실에 들어왔다.

"좀 어때?"

여전히 반말이었다.

"많이 좋아지시긴 했어요."

"응 그래. 좋네. 잘됐어."

"그런데 교수님, 엄마 성격이 많이 변한 것 같아요. 말이 많아지고 성미가 거칠어졌어요. 좀 공격적이랄까요? 시간 개념이랑 상황 파악 능력도 떨어지는 것 같고. 수술 때문일까요?"

교수님이 내 어깨에 손을 올려 툭툭 쳤다.

"그게 중요해? 엄마가 살았잖아. 별거 아니잖아, 이런 건. 우리 좀 지켜보자, 조급해하지 말고. 응? 아직 수술한 지 열흘밖에 안 지났어. 왜 이렇게 마음이 급해. 수술 후 3개월까지는 지켜봐야 해. 할 수 있지? 힘내고."

교수님은 뒤도 안 돌아보고 퇴장했다. 그래, 아직 열흘밖에 안 지났어. 엄마는 겉으론 멀쩡해 보이지만 뇌에선 어떤 작용이 일어나고 있는지 모른다. 좋아질 거야. 조금 더 기다려 보자. 짐을 챙겨 나가려고 하는데 어쩐 일인지 조용히 있던 엄마가 말했다.

"저 사람, 너네 학교 선배 맞지? 너 좋아했던 거 아니냐?"

엄마는 성격 변화에 심각한 인지 저하 문제까지 보이고 있었다.

"아니야, 엄마! 엄마 수술해 준 의사잖아! 왜 그래…. 그 정도도 파악이 안 돼?"

"근데 왜 반말이야? 그러니 내가 헷갈리지. 무슨 의사가 입만 열면 반말이래. 수술한 의사인 건 알아, 나도."

엄마가 완전히 정신을 놓은 것 같진 않았다. 십년감수했네.

아무리 인생은
소풍이라지만

S대학병원을 떠나 점심때가 훌쩍 지나서야 엄마 집에 도착했다. 거의 한 달 만이었다. 요양병원에 갈 때만 해도 이렇게 오래 떠나 있을 줄 몰랐지. 엄마는 걸음걸이는 여전히 시원찮았지만 혼자 움직일 수 있고, 공격적인 말도 더 이상 하지 않았다. 오히려 시종일관 웃으면서 행복하다고 말해서 조증을 걱정해야 할 판이었다.

"아 포근하고 좋다. 역시 내 집이 최고야."

엄마가 침대에 누워 이불을 덮었다. 나도 엄마 옆에 누워 이불을 덮었다. 엄마는 평소 푹신하고 보드라운 침구를 선호했는데 감촉이 부드럽고 피부에 착 감겨 기분이 좋았다.

"너 얼른 가. 아기 봐야지. 엄마 혼자 있을 수 있어."

"진짜?"

"그래. 미주 이모가 낮에 와 본다고 했고, 오빠가 연휴 동안 있을 거니 걱정 마."

일곱째 이모, 즉 미주 이모는 엄마와 같은 동네에 살면서 세탁소를 운영하고 있었다. 미주 이모는 의협심이 강한 사람이었다. 외할머니를 모시면서 세탁소 일도 잘하는 열성적인 기독교인이었다. 나랑 나이 차이가 별로 안 나서 언니처럼 허물없이 지내고 있었다.

"알았어, 엄마. 그럼 나 갈게."

"그래. 어서 가. 무슨 일 있으면 미주 이모한테 연락하면 되니까 넌 가서 아기나 잘 봐."

엄마 집은 엘리베이터 없는 5층 아파트의 4층이었다. 왜 하필 엄마는 엘리베이터 없는 아파트로 이사를 왔을까? 이러면 어디 외출하기도 힘들 텐데. 집에 돌아오는 내내 마음이 좋지 않았다.

그날 밤, 아기가 아팠다. 열이 40도까지 올랐다. 해열제를 먹이고, 몸을 미온수로 닦으며 계속 안아 주었다. 나도 몸살감기에 걸려 여기저기 쑤시고 기침이 나왔지만 아기가 아프니 내 몸은 뒷전이었다. 사실 아기 돌보는 게 엄마를 돌보는 것보다는 쉬웠다. 새벽까지 아기를 안았다 눕혔다 하면서 겨우 잠들었다.

아침에 눈을 떠 보니 엄마에게서 카톡이 와 있었다.

- 머리가 뭏 ──믄히
  무치
  ㅁ집ㅂㅇ

메시지가 온 시각은 새벽 네 시. '이게 무슨 말이지?' 싶어 얼른 엄마에게 전화했다.

"여보세요? 엄마 카톡 이거 뭐야?"

"유미니? 나 있잖아, 밤에 사고 쳤다?"

"무슨 사고?"

"머리가 무지무지 아픈 거야. 어떻게 할 수 없을 만큼. 그래서 이 새벽에 이 집 저 집 돌아다니면서 현관문 두드렸어. 살려 달라고."

"아프면 나한테 전화를 해야지, 새벽에 남의 집 문을 두드리면 어떡해."

"그럼 어떡하니? 아파서 견딜 수가 없는데. 근데 지금은 괜찮아. 아주 멀쩡해. 컨디션 굿!"

엄마의 목소리가 활기찼다.

"미치겠네. 내가 가 있을 수도 없고."

"걱정하지 말라니까? 걱정 말고 너나…"

엄마는 말을 다 끝내지도 않은 채 전화를 끊어 버렸다. 불안했다. 카톡도 이상하게 보내고 전화도 말하다 말고 끊어 버리고. 게다가 새벽에 남의 집 문을 쾅쾅 두드리고 다녔다니. 밤에 또 무슨 일이 나는 건 아닐까? 불안했지만 아픈 아기를 두고 엄마에게 다시 갈 수 없었다. 남편이 연차를 쓰는 것도 더 이상 불가능했다.

다음 날 새벽 다섯 시, 핸드폰이 울렸다. 미주 이모였다. 가슴이 철렁했다.

"유미야… 너무 놀라지 말고 들어."

놀라지 말라는 말에 심장이 천 길 아래로 떨어지는 것 같았다.

"지금 병원 응급실이야. 엄마 한밤중에 머리가 피투성이 돼서 여기로 왔대."

"그게 무슨 소리야?! "

"화장실에서 쓰러졌나 봐. 정신 잃었다가 밖에 나와서 택시 잡아서 응급실로 왔대. 천만다행으로 상처가 수술 부위에서 약간 비켜났고, 방금 열두 바늘 꿰맸어. 아마 위험하진 않을 거라네. 엄마 지금 자니까 이따 깨면 연락할게."

놀란 가슴을 쓸어내렸다. 엄마는 마치 물가에 내놓은 어린애 같았다. 우리 아기도 아프고 엄마도 아프고. 나를 필요로 하는 사람이 둘이나 있는데 동시에 돌볼 수가 없었다. 무력감이 몰려왔다.

카톡!

미주 이모가 사진을 보냈다. 사진 속 엄마는 머리에 붕대를 감은 채 세상 해맑게 웃고 있었다. 엄마의 행복한 웃음소리가 귀에 들리는 듯했다. 뭐가 이렇게 행복한 거야? 죽을 뻔했는데. 바보 같이. 환한 웃음을 짓는 엄마를 보며, 무슨 일이 있더라도 내가 엄마를 지켜 주리라 다짐했다.

"야, 엄마 멀쩡한데?"

미주 이모 연락을 받고 엄마에게 달려간 오빠의 전화였다. 오빠는 간 김에 연휴 내내 엄마와 함께 있을 예정이었다. 아무래도 밤에 엄마를 혼자 두기 불안해서 다음 주부터 24시간 상주 간병인을 쓰기로 했다. 비용은 한 달에 400만원. 그나마 조선족이라 이 정도지 한국인은 훨씬 더 비쌌다.

"다행이다. 밤이 문제니까 잘 지켜봐. 상주 간병인 오기 전까지만 고생해."

"그래. 응급실 의사 만났는데 퇴원해도 되겠대. 너 아기는 좀 어때?"

"열났다 떨어졌다 반복이야. 내일 병원 가 봐야지."

"그래. 애 아프면 부모도 고생이야. 수고해라."

그날 밤 열두 시, 오빠에게서 카톡이 왔다.

– 동영상을 보냈습니다.

– 미치겠다.

– 엄마 통제가 안 돼.

– 화내면서 고집을 엄청 피워.

동영상 속 엄마는 계단에 앉아 허우적대고 있었다.

"비켜! 이거 놔!"

"엄마, 여기서 이러면 안 돼. 밤이잖아. 들어가야지. 응?"

오빠가 엄마를 일으켜 세우려 했다.

"나 안 들어가! 답답해서 미치겠는데 어떻게 들어가! 나 혼자 내려갈 수 있으니까 저리 가!"

"엄마, 계단에서 넘어지면 큰일 나. 또 응급실 가고 싶어?"

"괜찮다니까. 이거 놓으라고!!"

엄마가 또 거친 언행을 보이고 있었다. 몸도 제대로 못 가누면서 어딜 가겠다는 거야. 게다가 밤 열두 시가 넘었는데.

– 나 진짜 한계다. 돌겠다 진짜.

– 오빠… 좀만 버텨. 며칠만 있으면 간병인 오잖아.

다음 날 아침에 오빠가 보내온 동영상도 비슷했다. 몸도 못 가누면서 나가겠다는 엄마와 실랑이하는 오빠.

– 밤보다는 누그러졌는데 아직도 고집 피우네.

나는 조마조마했다. 참을성이 부족하고 욱하는 성질의 그가 엄마를 버틸 수 있을까? 동영상 속 오빠는 친절하고 조근조근하게 엄마를 어르고 달래고 있었다. 하지만 저렇게 성질을 억누르다 보면 더 크게 폭발하는데…. 불안했다.

그날 오후 나는 열이 나는 아기를 안고 병원에 갔다. 귀에 농이 가득 찬 중이염 진단을 받았다. 내가 곁에 없는 동안 아기는 심하게 앓고 있었다. 워낙 튼튼한 아가라 티를 안 내서 그렇지 얼마나 아팠을까. 너무 미안했다. 아기를 안고 병원 로비로 내려오는데 전화가 왔다. 오빠였다.

"야, 나 못 해. 엄마랑 더 이상 못 있어."

"왜 그래 오빠. 무슨 일인데?"

"계속 고집 피우면서 나한테 성질 내. 나더러 당장 가라 그런다. 기분 좋았다가 화냈다가 반복이야. 나 이제 몰라. 포기야."

"…못 하면 어떡해. 간병인이 다음 주에 오는데."

"몰라. 아무튼 난 못 해."

뚝. 전화가 끊겼다. 무책임한 인간, 내 저럴 줄 알았다. 엄마한테 과도하게 친절할 때부터 조마조마했어. 원래 잘 하려 노력할수록 더 크게 폭발하기 마련이다. 그렇다고 해서 그냥 가 버리면 엄마는 누가 돌보나? 아픈 아기를 두고 내가 갈 수는 없었다. 이도 저도 못 하는 상황에 화가 나고 난감하고 원망스러웠다. 그때, 가슴 깊은 곳에서 오빠에게 맺혀 있던 원한이 솟구쳤다. 저 인간, 엄마가 자기한테 어떻게 했는데.

엄마는 절대 아니라고 했지만, 어려서부터 난 오빠에 비해 차별받는다고 느꼈다. 그는 미취학 아동 때부터 피아노와 플루트, 바이올린을 개인 지도 받았고 원어민 영어 과외, 미술, 창, 단소, 작곡, 수영, 스케이트, 태권도, 논술, 컴퓨터 등 사교육을 섭렵했다. 나도 몇 가지는 배웠지만 양과 질 모두 오빠가 받은 것과는 비교가 안 됐다. 엄마는 훗날 '오빠가 머리가 비상하고 재능이 많아서 욕심을 안 부릴 수 없었다'라고 말했지만, 그의 반만큼 내게 관심을 쏟았다면 내 인생은 어떻게 달라졌을까?

나는 초등학교 6학년 때까지 공부 관련 학원을 한 번도 다니지 않았다. 그리고 반에서 공부 못하는 애의 대명사였다. 엄마가 시험 성적이 나쁘다고 혼내지 않고 나 또한 철이 늦게 든 덕분에 열등생으로서의 좌절감은 느끼지 않았다는 점이 그나마 다행이랄까. 고등학교 때 공부에 재미를 붙여 그럭저럭 대학을 갔으니 망정이지, 여차하면 최종 학력이 고졸로 남을 뻔했다.

　막상 오빠는 지나친 기대가 자신에게 독이 됐다며 불만이었다. 어느 순간부터 그는 공부를 하지 않았다. 학원은 물론 학교도 빠지고 PC방에 갔다. 중학교를 수석으로 입학했던 그는 고등학교 때 성적이 곤두박질쳤다. '비상한 머리' 덕분인지 적당히 대학에 진학하긴 했지만.

　화가 났다. 나보다 훨씬 많은 교육과 사랑과 관심을 받은 그가 아픈 엄마를 며칠 돌보지도 않고 대책 없이 포기하려 하고 있었다. 엄마에겐 자식이 딱 둘 있으니, 오빠가 안 하면 내가 할 수밖에 없다. 열이 펄펄 나는 돌도 안 된 아기 엄마인 내가. 왜 혜택은 아들이 받고 돌봄은 딸의 몫인가? 딸들은 뭐 특별히 처음부터 돌봄을 잘하는 줄 아나? 아들이 힘들면 딸도 힘들다. 예전에 인터넷에서 본 글들이 생각났다. 부모의 유산은 아들이 물려받고 모시는 건 딸이 한다는 이야기, 노년이 편하려면 딸이 있어야 한다는 말들, 딸 시집 안 보내고 딸이 벌어 오는 돈을 부모가 족족 빼앗아 쓴다는 사연…. 직접 겪지 않은 일이지만 대한민국의 모든 억울한 딸에 빙의해 폭발할 지경이었다.

　그때 핸드폰이 울렸다. 미주 이모였다.

"유미야, 지금 교회 권사님이랑 요양원 다녀오는 길이야."

"이모, 있잖아 오빠가…"

"알아, 좀 아까 너네 오빠랑 통화했어. 엄마 요양원으로 모시자."

"요양원? 아니 이모, 다음 주 월요일부터 상주 간병인이 오기로 했거든. 그때까지만…"

"집에 누가 있는 것도 아니고 간병인이랑 엄마 둘이서만 24시간 붙어 있는데 불안하지 않겠어? 내가 상주 간병인 온다는 얘기를 교회 권사님한테 했거든? 그랬더니 차라리 요양원으로 모시래. 마침 자기가 일하는 요양원이 가정집처럼 되어 있어서 적응하기 쉬울 거라고. 지금 개인실이 딱 하나 비어 있대."

"근데 엄마 상태 어떤지 알지 이모? 밤에 계속 나가려고 하고 끝도 없이 말하고 고집 피우고…"

"알아, 설명했어. 일단 데려오래. 어떻게든 다 적응하게 해 준대. 걱정하지 말래."

아직 팔팔하게 젊은 우리 엄마가 할머니들이 가는 요양원에? 이 모든 일이 비현실적으로 느껴졌다. 하지만 오빠는 두 손 두 발 다 들었다. 나도 아픈 아기를 두고 갈 수 없고, 엄마 집에 아기를 데려가는 건 더더욱 불가능했다. 엄마가 순순히 요양원에 가지 않을 것 같다고 하니 이모는 방법이 다 있다고 했다. 내키지 않았지만 대안이 없었다. 오늘 밤 엄마를 혼자 두면 생명이 위험할지도 모른다.

몇 시간 후 엄마에게서 전화가 왔다.

"유미야, 나 미주 이모랑 이모 친구랑 소풍 가기로 했다? 풀밭이 아주 예쁜 곳이 있대. 가서 맛있는 거 먹고 신나게 놀다 오려고."

엄마의 들뜬 목소리를 듣고 목이 메었다. 소풍 간다고 엄마를 속였구나.

"지… 진짜? 좋겠네, 엄마."

"응 너무너무 좋아! 병원에서 나오니까 이런 날이 다 오네."

"그래 엄마, 잘 놀다 와…. 무슨 일 있음 전화해."

"무슨 일이 왜 있겠어. 나 컨디션 너무 좋고 기분도 최상이야! 아, 혹시 늦을지도 모르니까 전화 안 돼도 걱정하지 마, 알겠지? 난 네가 걱정하는 거 정말 싫어…."

"응. 조심히 다녀와."

"그래. 이따 전화할게! 엄마 놀러 간다!"

소풍 간다는 말에 한껏 신난 엄마의 모습이 눈에 선했다. 소풍 가는 줄 알았는데 도착한 곳이 요양원이란 걸 알면 엄마는 얼마나 배신감이 들까? 엄마 미안해. 자괴감에 가슴이 미어졌다. 눈물을 주체할 수가 없었다.

엄마를 언제까지나 지켜 주겠다고 결심했지만 나는 엄
마를 지켜 주지 못했다. 너무 쉽게 내어주고 말았다.

손발이 묶인 채
바다에 빠진 기분이랄까

　미주 이모가 전화로 진행 상황을 알려 주었다. 엄마는 미주 이모의 친구 집이라는 말을 믿고 요양원에 성공적으로 입성(?)했다. 엄마 또래 요양보호사들이 환영해 주고 말 걸어 주니 기분이 좋아서 한참 수다를 떨었다. '자고 가라'는 말에 기뻐하며, '남의 집에서 정말 그래도 되냐'면서 그러겠다고 했다. 한편으론 다행이다 싶으면서도 엄마의 상태가 생각보다 심각하다는 의미여서 마음이 좋지 않았다. 정신이 멀쩡했다면 아무리 가정집처럼 생겼어도 노인들과 휠체어 탄 사람만 있는 그곳이 요양원이라는 걸 진즉 파악했을 것이다.

"이모…. 엄마 괜찮겠지?"

"그럼, 괜찮아. 확실히 베테랑 요양보호사는 다르더라. 너희 엄마가 밥 먹다가 남기니까 그걸 가져가서 자기가 먹더라고. 아무렇지도 않대. 똥 치우는 것도 하나도 안 더럽대. 걱정하지 마, 유미야. 그건 그렇고, 너희 오빠 어깨가 축 처졌네. 나중에 오빠랑 통화 한번 해."

싫어. 오빠랑은 당분간 연락하지 않을 거다. 그거 며칠 못 참아서 엄마를 요양원에 가게 만들어?

"맘 안 좋겠지만 엄마는 지금 한 명이 돌볼 수 있는 상태가 아냐. 요양원은 몇 사람이 돌아가면서 돌보니까 그나마 감당하지, 간병인이 집에 와도 한 명으로는 어림없어. 그러니 마음 편히 가져. 알겠지?"

전화를 끊었다. 어두운 밤, 창문에서 빛이 들어와 천장을 가로질렀다. 어쩌다 일이 이렇게 됐을까? 우리 엄마는 암 수술을 했을 뿐인데 왜 요양원 신세를 져야 할까? 자식도 둘이나 있는데 왜 시설에 맡겨져야 할까?

따지고 보면 내가 잘못 살아서 그런 것 같기도 했다. 내가 친구들처럼 일찍 결혼하고 아기를 낳았다면 지금 초등학생쯤 된 아이를 어디 맡기고 엄마를 돌보러 갔을 것이다. 혹은 결혼을 안 했다면 맘 편히 엄마 곁을 지켰을 것이다. 결혼을 해도 아기가 없었다면 엄마에게 가 있을 수 있었겠지.

아니면 내가 한창 돈 벌 시기에 착실히 돈을 모았다면 어땠을까? 아기를 키우면서도 엄마를 돌볼 만큼 넓은 집에 살 수 있었을 것이다. 나와 남편과 아기는 혼자 살면 딱 좋을 작은 투룸에서 살고 있었다. 엄마 이부자리를 펼 공간조차 없었다. 만약 남편이 회사를 옮기지 않았다면, 그래서 이렇게 집값 비싼 동네에 살지 않았다면 어땠을까? 그럼 같은 돈으로 더 넓은 집에 살 수 있었을 텐데. 아니면 아예 남편이 아닌 다른 남자랑 결혼했다면 어땠을까? 그때 그 돈 많은 남자 친구와 싸워서 헤어지지 않았더라면 넉넉한 살림에 엄마까지 모실 수 있지 않았을까?

생각은 더 과거로 흘렀다. 아빠가 다시 크게 사업을 벌이지 않았더라면…. 내가 아빠의 사업을 적극적으로 뜯어말렸더라면…. 나랑 오빠가 일찍 결혼해서 아빠가 일찍 일을 접고 큰 욕심 없이 은퇴했더라면…. 그래서 아빠가 경제적인 이유로 엄마와 이혼을 하지 않았더라면….

상념은 정처 없이 과거를 헤집고 다녔다. 과거의 결정 하나하나가 못 견디게 후회스러웠다. 내가 잘못 산 결과로 엄마는 '돌볼 사람이 없어서' 요양원에 들어가게 됐다. 엄마는 얼마나 얼떨떨하고 속상하고 원망스러울까? 나 자신이 혐오스러웠다. 낳아 준 엄마 하나 돌보지 못하면서 살아서 뭐 해? 밤새 울다 깨다를 반복했다. 엄마에게선 전화가 오지 않았다.

무소식이 희소식이라 했던가? 불안했던 평화는 그다음 날 밤에 와장창 깨졌다.

"유미야, 나 꺼내 줘."

엄마였다.

"어… 엄마, 거기 미주 이모 친구 집이라며. 불편해?"

"뭔가 좀 이상해. 낮에는 괜찮은데 밤에는 문 앞에 누가 지키고 있어. 답답해서 거실에 나가고 싶은데 들어가라고 고함을 치는 거야. 아주 깜짝 놀랐어. 나 이제 집에 갈래."

"엄마, 밤이 늦었으니까 일단 자고 내일 얘기하자."

"지금 와. 나 못 견디겠으니까."

"어떻게 가. 아기 봐야 하는데. 엄마, 내일 얘기해. 응?"

"…알았어. 그럼 내일 와."

엄마가 잘 적응해야 할 텐데. 나는 기도했다. 엄마가 적응하게 도와주세요. 하나님 성모님 부처님 알라신이여… 제발 누구든 엄마가 적응해서 잘 있다가 회복해서 나오게 도와주세요.

간절한 기도에도 불구하고 다음 날 오전부터 엄마에게서 전화가 수십 통씩 오기 시작했다. 엄마의 빠른 적응을 위해 전화를 받지 말라는 지침에 따라 마음을 독하게 먹고 전화를 받지 않았다. 그러자 문자에 불이 났다.

- 네곌. ㅓㄴ화보ㅓㄴ호기안찾아지네바로전화해
- 심가한생화이야 바로 쇼 전환해
- 이상해ㅣ
- 꼭 전화해 가곡히 브탁해

'간곡히'라는 단어에 가슴이 미어지는 것 같았다. 똑똑했던 엄마가 이제 맞춤법도 제대로 못 쓰는 상황을 믿고 싶지 않았다. 문자 폭탄이 잠시 잠잠해지더니 밤에 카톡이 오기 시작했다.

- 많이화났어 이번사좋은사이 다끝났어 가족익.간.억
- 아빠 낙바붰넝 ㄱㄴ.ㅣㅣㅅ.ㄴ 넬 아마 널아 빠 오것에 옷ㄴ꺼야 네바붓ㄴ 헜렀어나 티—원시킷나고
- 이번에 좋ㄴ가지—콴계다 끝났어 이모들도

엄마의 원망에 속이 타들어 갔다. 엄마를 데리고 나와야 하나? 이렇게 힘들어하는데? 하지만 데리고 나오면? 오빠도 엄마 못 돌본다고 가 버렸잖아. 결국 나밖에 없었다. 엄마를 모실 수 있을까? 하지만 내겐 아기가 있다. 만약 아기를 데리고 엄마를 돌보러 가면 어떨까? 안 돼. 아기 하나로도 허덕이는 서툰 엄마인 내가 둘을 동시에 돌볼 수는 없다.

나는 지금 내 가족에게 최소한의 부담만 지우고 싶었다. 내가 꾸린 이 가정을 지키고 싶었다. 무엇보다, 언제 폭주할지 모르는 엄마를 돌볼 자신이 없었다. 요양병원과 S대학병원에서 내게 시도 때도 없이 전화해 들어줄 수 없는 요구를 하며 화내던 엄마였다. 오빠가 보내온 동영상 속 엄마는 보기만 해도 겁이 났다. 결국 나 또한 엄마를 돌볼 수 없었다. 난 비겁한, 천하의 불효자식이었다. 엄마를 버린 몹쓸 딸이었다. 셋째 이모의 말이 떠올랐다.

'한 부모는 열 자식을 거느려도 열 자식은 한 부모를 못 모신다는 말이 딱 맞네.'

그때, 요양보호사에게서 장문의 문자가 왔다.

– 엄마가 잠을 안 주무세요. 밤새 합쳐서 한 시간 주무셨나? 한 10분 자고 일어나서 돌아다니고, 또 한참 있다가 5분 자고 일어나서 돌아다니고…. 밤 근무 하는 선생님들이 아주 고생이에요. 그래도 우리가 한번 모셔 볼게요. 이 상태로는 어르신 집에 못 모셔요. 우리야 이게 직업이고 여러 명이니까 하는 거지, 집에선 불가능해요. 걱정 마시고 저희를 믿으세요. 적응하실 겁니다.

아줌마였던 엄마는 그새 '어르신'이 되어 있었다. 몇 달 전만 해도 직접 운전해 강원도에 놀러 가고 매주 10킬로미터씩 걸어 다닐 만큼 팔팔했는데 이젠 어르신이라니. 전화를 끊고 차가운 방바닥에 누웠다. 낮에 아기가 열이 많이 오르고 아파서 두 번이나 응급실에 다녀온 상태라 더 기진맥진했다.

　나는 무력했다. 할 수 있는 일이 없었다. 그동안의 삶에서는 아무리 어려워도 마음먹고 노력하면 대부분의 일이 어찌어찌 해결되었다. 그러나 내가 가장 사랑하는 엄마의 생사가 걸린 이 상황에서 난 완전히 무력했다. 아무리 발버둥 치고 지랄발광을 해도 해결할 수 없는 문제 속으로 빠져드는 느낌이었다. 마치 손발이 꽁꽁 묶인 채 바닷속으로 빠져드는 것처럼.

요양원에서
싹트는 사랑(?)

　일요일 새벽 일곱 시, 한적한 도로를 운전하고 있었다. 오늘 같은 날 아무 걱정 없이 나들이 가면 딱 좋을 텐데. 하지만 내겐 중요한 일정이 있었다. A시 요양원에 가서 원장을 만나야 했다. 엄마가 요양원에 들어가던 날 오빠는 계약을 완전히 마무리 짓지 못했다. 엄마의 신분증이 내게 있었기 때문이다. 요양원의 일과는 새벽에 시작하니 일찍 오라면서도, 초반에 가족과 완전히 떨어져야 적응이 쉬우니 만나지는 않는 게 낫겠다는 원장의 말에 알겠다고 답했다. 엄마가 보고 싶었지만 그래도 요양원 적응이 우선이니까.

　출발한 지 두 시간이 지나 내비에 입력한 주소에 도착했다. 꽤나 넓은 정원이 있는 단독주택이었다. 잘 가꾼 잔디밭 한쪽에 꽃 화분들이 놓여 있었다. 엄마가 처음에 신나서 들어갔을 만도 했다. 차를 대고 원장에게 전화했다. 정문으로 들어가면 엄마가 나를 볼 수 있으니 돌아서 뒷문으로 들어오라고 했다. 차에서 내려 최대한 자세를 낮춰 표지판을 따라 뒷문으로 갔다.

똑똑.

문이 열렸다. 이 사람이 원장이구나. 원장은 155센티미터쯤 되는 키에 통통한 체구였다. 둥근 얼굴에 머리는 하얗게 셌고, 사뭇 냉정해 보이는 얼굴에는 화장기가 전혀 없었다. 늘어난 티셔츠에 몸뻬 바지를 입고, 남색 크록스를 신고 있었다.

"어서 와요."

원장이 테이블 앞 소파에 날 앉히곤 망고 주스를 한 팩 건넸다.

"힘들지?"

"네. 좀 힘드네요."

원장이 나를 빤히 쳐다봤다.

"다들 그래, 다들. 얼마나 힘들어. 가족이 이러면 가정이 무너지거든."

눈물이 날 것 같았지만, 절대 안 울어.

"여기 이름은 알지? P공동생활가정. 현재 아홉 분 계시고 여자 어르신 여덟 분, 남자 한 분 이렇게 있어. 전부 우리 가족이라 생각하고 모시고 있어요."

"네. 그런데… 저희 엄마 치매 아닌데 계셔도 돼요?"

"엄마는 거의 치매인 것 같던데?"

치매라니. 뇌종양도 모자라 이젠 치매라네.

"그런가요? 저는 엄마가 뇌수술을 해서 그렇다고 생각했는데…. 시간이 지나면 좋아지지 않을까요?"

"그거야 나도 모르지. 그런데 엄마 하는 행동 보면 영락없이 치매야."

"어떠신데요?"

"잠 안 자고 밤에 돌아다니기, 사람들한테 계속 말 걸기, 방금 한 말 기억 못 하고 또 하기, 자기 나이 헷갈리기, 시간 개념 상실. 이거 다 치매 증상이거든."

가슴이 철렁했다. 엄마는 섬망이나 뇌수술의 단기 후유증이 아니라 치매인 걸까? 원장이 단호하게 말하는 걸 보니 요양원을 오래 운영하면 치매 감별사가 되는 모양이었다.

"우리 요양보호사들이 맘이 약해서 그렇지, 다른 요양원가 봐. 저 정도면 침대에 묶어 놔."

엄마가 묶여 있는다고. 생각만 해도 끔찍했다.

"엄마는 이제 옛날 엄마가 아니야. 엄마는 이제 세상에 없어. 그걸 알아야 돼."

참고 있던 눈물이 터졌다. 안에 꾹꾹 눌러 놨던 말도 동시에 터졌다.

"원장님, 저 이 상황이 적응이 안 돼요. 영화에나 있을 법한 일이 우리 집에 일어나고 있는 거예요. 너무 혼란스러워요. 엄마가 이러는 게 뇌수술 때문인지, 그래서 시간이 지나면 정상으로 돌아올지, 아니면 영원히 이 상태가 지속될지…. 아니면 뇌수술이랑 별개로 치매가 원래 진행되고 있었던 건지, 그래서 공식적으로 치매가 맞는 건지…. 수술 때문에 생긴 섬망 같기도 한데, 근데 섬망도 오래되면 치매로 발전한다고 하더라고요…. 아무것도 알 수 없어서 너무 불안하고 죽을 거 같아요."

"원인이 중요한 게 아니잖아? 가장 중요한 건 현재 상황을 받아들이는 거야. 엄마는 현재 치매 상태야. 엄마가 안타깝긴 해도 가족들은 자기 인생 살아야지. 딸은 아기도 있는데 오죽 힘들겠어."

처참한 기분이었다. 앞으로 항암 치료도 받아야 하는데 치매에 걸렸다면 항암 치료를 받으러 갈 수나 있을까? 아니, 치료를 받는 게 의미가 있을까? 엄마는 앞으로 어떻게 살아야 할까?

"엄마 여기 남자 친구 있는 거 알지?"

이건 또 무슨 소리야. 눈물이 쏙 들어갔다.

"여기 남자분이 딱 한 명 있어. 뇌출혈로 쓰러지고는 못 걸어서 휠체어 타고 말도 거의 못 하거든. 엄마가 계속 말 걸고 자기 남자 친구라 그러더라고. 먹을 거 갖다주고."

아, 엄마! 요양원에서 무슨 남자 친구야!

"엄마가 자꾸 전화번호 물어보고 말 걸어서 그 사람이 힘들어해. 어제는 오죽하면 엄마 얘기 듣다가 요양보호사한테 자기 방에 들어가서 쉬게 해 달라고 수신호까지 보냈다니까."

엄마 진짜 치매가 맞나 보다. 하아….

원장이 계약서를 내밀었다. 나는 사인하기 전 계약서를 꼼꼼히 다 읽어 봤다. 전반적으로 '본인들이 성심껏 어르신을 돌보겠지만, 불가항력적으로 일어나는 사고에 대해서는 전혀 책임지지 않겠다'라는 말이 반복적으로 들어가 있었다. 그래, 엄마가 집에서 혼자 있다가 하늘나라 갈 뻔했는데 이 정도 위험은 감수해야지. 잘 모셔 주실 거야.

엄마는 장기요양 등급이 없어서 입소가 불가능하지만 백 퍼센트 자부담으로는 받아 줄 수 있다고 했다. 계약서 세 번째 페이지에 금액이 나와 있었다. 한 달에 238만 원. 간식비와 식비가 더해지고, 1인실이라 10만 원이 추가되어 있었다. 간병인 불렀으면 400만 원인데 이 정도면 충분히 저렴한 금액이었다.

"요양 등급 받는 것도 여기서 도와줄게요. 엄마가 만 65
세 넘었으니 가능해요."

"요양 등급 받으면 한 달에 얼마 내면 되나요?"

"3등급 받는다고 치면, 한 달에 한 20만 원 내외예요."

"꼭 받아야겠네요."

"…꼭 받아야죠."

원장은 어느새 존댓말을 하고 있었다.

"그리고 엄마가 특실로 옮기고 싶어 하는데, 괜찮아요?
한 달에 10만 원 추가되고요."

"네, 괜찮아요. 옮겨 주세요."

나는 계약서에 사인했다.

"얼마나 힘들어. 아기 돌보랴 엄마 신경 쓰랴…. 이제 엄
마는 신경 안 써도 돼. 우리한테 맡겨. 자기 가정 지켜야지
언제까지 엄마한테 매여 있을 순 없잖아. 그리고 여기 올
필요 없어. 아무 때나 전화하면 우리가 엄마 바꿔 줄 테니
까 통화 자주 하고. 흠… 여기 온 김에 엄마 보고 갈래?"

시야가 흔들렸다.

"그래도… 돼요?"

"그래. 잠깐 보고 가."

원장이 사무실 문을 열었다. 거실이 바로 연결되어 있었

다. 나는 살며시 거실로 나갔다. 공간이 꽤 넓었다. 열 개쯤
되는 간이 의자가 거실 벽에 달린 TV를 향해 나란히 놓여
있었다. 할머니 네 분이 만화영화가 틀어진 TV를 향해 앉
아 있었다. 치매 노인들이라 그럴까? 시선은 TV를 향해 있
지만 딱히 보는 것 같지 않았고, 얼굴에 표정이 없었다.

　창문 바로 앞에는 휠체어를 탄 남자가 앉아 있었다. 고개
가 비스듬히 기울어지고 눈에 초점이 뚜렷하지 않았다. 저
분이구나, 우리 엄마 남자 친구. 원장의 설명에 의하면 40
대 초반에 뇌졸중이 와서 몸도 못 가누는데, 엄청 폭력적으
로 변했다가 약을 잘 처방받고 폭력성이 싹 사라졌다고 했
다. 대신 걷지도 못하고 말도 거의 못 하게 되었다.

　그나저나 엄마는 어딨지?

　"어이, 미실 언니 여기 오라 그래."

　그러자 저쪽 공간에서 부스럭거리는 소리가 들렸다.

　"이거 놔, 나 부엌에서 음식 해야 돼."

　엄마 목소리다.

　"아이, 언니 잠깐 나와 보래."

　엄마가 누구랑 실랑이하는 소리가 들리더니 드디어 거
실에 모습을 드러냈다. 엄마가 요양보호사의 팔에 붙들려
휘청거리며 걸어오다가 나를 보고 그 자리에 멈췄다. 엄마
는 놀란 눈을 하더니 이내 눈을 가늘게 뜨고 노려보았다.

하지만 하나도 무섭지 않은, 무해한 눈.

"엄마, 잘 있었어?"

나는 일부러 쾌활하게 말을 건넸다.

"미실 언니, 딸이랑 방에서 얘기 나눠요."

원장이 엄마를 언니라고 불렀다. 엄마 방은 거실 바로 옆에 있었다. 들어가니 두 평쯤 되는 방에 침대 하나와 책상하나가 있었다. 한쪽에는 환자용 변기와 엄마의 분홍색 캐리어가 놓여 있었다. 우리는 침대에 나란히 걸터앉았다.

"너희한테 실망했어. 내가 가장 필요로 할 때 없었잖아."

"미안해 엄마. 우리가 사정이 있었어."

왠지 모를 죄책감에 화제를 전환했다.

"엄마 방 넓은 특실로 옮기고 싶다며? 옮겨."

"아냐, 나 여기 좋아. 나 집에서도 넓은 방 두고 좁은 방에서 지내잖아. 안 옮겨도 돼."

아까 원장이 한 말이랑 다른데? 슬쩍 원장을 봤더니 떨떠름한 표정으로 있다가 거실로 나가 버렸다.

"유미야, 나 여기 언제까지 있어야 돼?"

"엄마가 몸이 안 좋아서 회복하고 나와야 돼. 조금만 더 있어, 응?"

"…그래. 여기 한두 달은 있어도 될 거 같아. 아니면 한세 달? 여기 너무 예뻐! 미주 이모 친구가 좋은 집에 살아서 다행이야.”

다행이다. 아직 엄마가 여기 요양원인 걸 모르는구나. 마음이 놓인 나는 엄마에게 짓궂게 말을 건넸다.

“엄마 여기 남자 친구 있다며?”

엄마가 ‘아이고 이 바보야’ 하는 표정을 지으며 말했다.

“장난이지, 내가 그럴 사람이니? 내가 여기서 얼마나 심심하고 할 일 없으면 그런 짓을 다 하겠어. 나이도 나보다 스무 살인가 어린데.”

안도의 한숨이 나왔다. 그럼 그렇지. 바깥에서 원장이 슬쩍 눈치를 줬다.

“엄마 나 이제 가야 돼. 조금 있음 차 막혀서 너무 오래 걸려. 사실, 아기가 지금 아파. 열이 40도까지 올랐다가 내렸는데 계속 안 좋아. 빨리 가 봐야 해.”

“아기가 왜 아프대. 얼른 가 얼른. 나 괜찮으니까 가서 아기 봐.”

“엄마, 잘 있을 수 있지?”

“응 잘 있을게. 낮엔 괜찮아. 밤이 문제지. 누가 지키고 방에서 못 나오게 하니까 답답해 죽을 지경이야. 그래도 한번 지내 볼게. 걱정 말고 가.”

엄마는 생각보다 씩씩했다. 암 진단 때부터 지금까지 한번도 울지 않은 엄마인데 내가 너무 과소평가했나 보다. 엄마가 나를 엄청나게 원망할 줄 알았는데 나름 안정되어 있는 모습을 보니 눈물이 날 만큼 감사했다. 집으로 돌아오는 길, 마음이 한결 가벼웠다. 거기서 식사 잘하고 규칙적인 생활을 하다 보면 분명히 좋아질 것이다.

집에 거의 다 왔을 무렵 전화가 왔다. 원장이었다.

"잘 갔지? 아까 가고 나서 엄마한테 이 얘기 저 얘기 전했거든. 유미 씨가 '우리 집에 믿을 수 없는 드라마 같은 일이 일어나고 있다'고 말했다고 하니 엄마가 울더라고."

암 수술을 네 번이나 받으면서도 눈물 한 방울 안 흘렸던 오미실 여사가 울었다고 했다. 정신이 안 돌아와서 마냥 밝은가 보다 생각했는데 엄마는 다 알고 있었나 보다. 자신의 병과 이렇게 시설에 올 수밖에 없는 사정에 대해서…. 나는 집 앞에 차를 세우고 한참을 울었다.

지옥이
따로 없구나

밤부터 아침까지 엄마에게서 전화가 없었다. 어젯밤에
는 엄마가 얌전히 잤나? 궁금했지만 한편으론 알고 싶지
않았다. 두려웠기 때문이다. 상상도 못 했던 감당하기 어려
운 일들이 수시로 터지면서 멘탈이 탈탈 털린 상태였다. 외
면하고 싶었다. 어찌 됐든 내 눈앞에서 벌어지고 있는 상황
은 아니니까.

그러나 나는 엄마를 요양원에 처넣은 나쁜 자식이다. 연
락까지 끊어 버리면 그야말로 몹쓸 년이 된다. 뉴스에 종
종 나오지 않는가. 요양원에 부모를 데려다 놓고 연락 두절
되는 천하의 몹쓸 불효자식. 그게 내가 될 순 없었다. 엄마

의 요양원 적응을 돕기 위해서라곤 하지만, 이게 길어지면 연락 두절까지 가는 건 일도 아닐 것이다. 일부를 제외하곤 그 천하의 몹쓸 불효자식들도 처음부터 연락을 끊어 버릴 작정은 아니었을 것이다.

전화가 왔다. 미주 이모였다.

"야 유미야, 미치겠다."

"왜? 무슨 일 있어?"

"엄마가 할머니댁 위층 동 반장한테 밤에 문자 보냈대. 갇혀 있으니까 와서 꺼내 달라고. 동 반장이 깜짝 놀라서 나한테 전화했어. 내가 사정 설명하고 엄마 번호 차단하라고 했어. 요양원에는 엄마 핸드폰 안 되게 하라고 했고."

역시 아무 일 없지 않았다. 바로 어제 오후에 나랑 얘기 잘 했으면서 왜 그랬을까. 아무래도 요양원에 전화를 걸어 봐야 할 듯했다. 불안한 평온이 깨진다 해도 상황은 똑바로 알고 있어야지. 용기를 내자. 요양보호사에게 전화를 걸었다.

"안녕하세요, 오미실 어르신 딸입니다. 엄마 잘 계시나요?"

"아휴…. 이모한테 들었죠? 어제 사람들한테 살려 달라고 문자 보냈다고. 그래서 내가 핸드폰 감췄거든? 귀신같이 알아차리고 핸드폰 달라고 난리야. 안 주면 창문으로 뛰어내린다, 바닥에 머리 박고 죽겠다 협박하고. 내가 아주 애를 먹었어.”

전화하지 말 걸 그랬다. 역시 모르는 게 약이었다. 심란해서 속이 울렁거렸다. 나는 불효녀답게 엄마가 거기서 얼마나 괴로울지보다 혹시 이러다 요양원에서 퇴소당하면 어떡하나 걱정이 먼저 들었다.

“저희 엄마 원래 그런 분 아닌데… 왜 그러시는지 모르겠어요.”

“왜긴, 치매라서 그러지. 아주 전형적인 치매 증상이에요. 처음에 여기 오면 적응하는 데 시간이 걸려. 그런데 미실 언니는 유난히 힘들게 하네.”

“그래서 어떻게 됐어요?”

“내가 머리를 썼지. 여기 치매 아닌 할머니가 있거든? 내가 ‘가서 뭐라고 좀 해 주라’고 옆구리를 찔렀어. 그랬더니 할머니가 엄마한테 가서 ‘지금 여기 다 주무시는데 왜 이렇게 난동 부리냐고, 창문으로 뛰어내릴 거면 뛰어내리고 바닥에 머리 박고 싶으면 박으라’고 혼을 냈어.”

“그랬더니요?”

“아이고, 내가 웃겨가지고, 엄마가 가만히 있데? 한 마디도 못 해. 우리가 말릴 땐 듣지도 않더니 꼬부랑 할머니가 혼내니까 가만있어. 그러더니 방에 들어가 눕더라고. 이후로 난리 안 피웠어.”

이러면 안 되는데 웃음이 나왔다. 엄마가 난동 피우다 할머니한테 혼나고 얌전해지는 모습이 눈앞에 그려졌다. 뭔가 귀여웠다. 이 요양보호사님은 그런 재주가 있었다. 심각한 일을 별거 아닌 유쾌한 일로 만들어 버리는.

"엄마가 밤에만 그러지 낮에는 괜찮아. 지금 아침 드시고 사람들이랑 수다 떨고 있어. 자기가 좋아하는 사람들 순위도 매겼어. 1번이 여기 있는 간호사고, 2번이 나, 3번이 원장님이야. 간호사는 출근하면 좋다고 꺼안고 볼에 뽀뽀도 한다니까. 아이처럼 좋아해요."

엄마가? 엄마는 그런 사람이 아니다. 엄마는 내가 안아 달라고 하지 않으면 먼저 안아 주지 않아서 나는 30대가 되어서도 엄마한테 안아 달라고 어리광을 부렸다. 그런 엄마가 간호사를 안고 심지어 뽀뽀를 한다고? 낯선 모습이었다. 아니면 저게 엄마의 솔직한 모습일까? 사랑이 많고 표현하기를 좋아하는.

"엄마가 인정이 많잖아. 알지? 사람들 치킨 사 주라고 자꾸 돈을 줘. 여기 어르신들 밥이랑 떡 같은 간식 외에는 못 드시거든. 근데 막무가내로 자꾸 치킨 시키래. 아이고 참 나…. 그래서 이따가 시켜서 우리 직원들이랑 나눠 먹기로 했어. 여기 남자 친구한테도 뭐 사 먹으라고 용돈 준다? 그걸 어디 가서 쓰라고."

그래 엄마, 남자 친구라도 잘 만나서 적응해. 말 못 하고 감정 표현 못 하고 걷지 못하는 남자 친구일지라도…. 아, 그리고 스무 살 어릴지라도….

"엄마 잠깐 바꿔 줄게요. 잠시만."

본인들 통해서는 얼마든지 통화해도 된다며 엄마에게 전화를 넘겨주었다.

"엄마 나야, 유미. 어제 잘 잤어?"

모른 척하고 물었다.

"응 아주 잘 잤어. 핸드폰 없어졌는데, 괜찮아. 어차피 연락할 사람도 없는데 뭐. 여기서 아침에 미역국 끓여 줘서 맛있게 먹었어."

"아픈 데는 없어?"

"응 아픈 데 하나도 없어. 잠깐만, 뭐라고요? 유미야 나 고스톱 치러 가야 돼. 끊는다."

뚝. 오미실 여사는 전화를 끊고 가 버렸다.

침대에 누워 가만히 생각했다. 수술만 하면 정상으로 돌아올 거라 생각했는데 어째 더 이상해지는 것 같았다. 낮에는 괜찮은데 왜 밤에만 그렇게 돌변하는 걸까? 애초에 뇌종양은 뇌종양이고, 치매는 치매대로 진행되고 있었던 걸까? 암 때문인지, 수술 때문인지, 치매 때문인지 알 수 없었다. 증상이 중요하지 원인이 뭐가 중요하냐고 묻는다면 중요한 차이가 있다. 이 증상이 뇌종양이나 수술 때문에 일시적인 거라면 가역적이고, 치매라면 비가역적이다. 그러니까 치매라면 더 이상 좋아질 가능성이 없다는 뜻이다. 그렇게 되면 희망을 품는 의미가 있을까?

컴퓨터를 켰다. 또다시 인터넷 카페를 검색했다. 이번엔 치매 환우 카페였다. 신우암, 폐암, 종합 암, 뇌종양 카페에 이어 다섯 번째 환우 커뮤니티였다. 가입해서 글을 하나씩 읽어 봤다. 치매 카페에서 본 세상은 그야말로 지옥이었다.

그동안 나는 '치매'라고 하면 기억을 잃고 도움 없이 생활할 수 없으며 가족을 못 알아보는 정도로 생각했다. 내가 가장 좋아하는 드라마 〈눈이 부시게〉에서 치매 환자(김혜자 분)는 옛사랑과의 추억에 빠져 사는 얌전한 할머니였다. 또 인터넷 어느 글에 등장한 치매 할머니는 남편인 할아버지를 기억 못 하고 그와 매일 처음으로 사랑에 빠졌다. 하지만 치매는 그렇게 고요히 서글픈 게 아니었다. 육탄전이 가미된 절망이었다. 치매는 곧 폭력, 망상, 배회, 욕설, 통제 불능과 맞닿아 있었다.

가족을 구타하는 사람, 수시로 욕하고 침 뱉는 사람, 쓰레기를 가져와 집 안에 쌓아 놓는 사람, 집을 나가 가족이 밤새 찾으러 다니게 만드는 사람, 망상으로 난동 피우는 사람…. 치매 환자가 만드는 막장 드라마 같은 사연이 줄줄이 있었다. 물론 특별히 힘든 사례만 더 드러나고 (얌전하고 딱히 문제를 일으키지 않는) 착한 치매 환자의 보호자들은 굳이 모습을 드러내지 않기 때문에 그런 사례만 두드러져 보일 수 있다.

그러나 그걸 감안하고도 치매 환자의 가족들은 심각하게 고통받고 있었다. 치매 환자보다 자기가 먼저 죽겠다고 하소연할 만큼. 치매 환자를 돌보다가 병을 얻어서 먼저 죽은 사람도 있고, 치매 시아버지에게 맞아서 사산한 임신부도 있고, 심지어 치매 부모와 동반 자살한 자식도 있었다. 대부분 치매 가족 돌봄으로 인해 병을 얻거나 심한 우울증을 겪고 있었다.

큰 문제를 일으키지 않는, 이른바 '착한 치매' 환자들도 보호자가 힘든 건 마찬가지였다. 치매 환자를 모시는 집에서는 평범한 일상이 불가능하다. 생업을 포기하고 옆에 24시간 붙어 있으면서 돌발 상황에 늘 긴장해야 한다. 아무리 사랑하는 가족이라 해도 자신의 인생을 희생하며 온전히 간병할 수 있는 사람이 얼마나 될까?

부모가 치매에 걸리면 가정이 무너진다. 화목하던 가족도 막상 부모가 치매에 걸리면 형제 간 우애에 금이 가는 건 물론, 독박 간병으로 다른 형제들과 의절하는 일도 많다. 요양원에라도 모시려 하면 욕하면서 불효자식 취급 하거나 교묘하게 재산을 빼 가는 친척들 때문에 골머리를 앓는 사람도 많았다. '가족이 남보다 못하다'라는 말은 치매 카페에서 단골로 등장하는 문구였다.

암 환우회 카페의 주된 분위기가 '간절함'이라면, 치매 카페는 '포기와 해탈'이 주된 분위기였다. 어차피 좋아질 가능성은 제로에, 이 상황에 어떻게든 내가 맞춰서 살아야 하니까. 그래서인지 게시글들이 철학적이고 삶에 대한 통찰이 많았다. 인생에서 언제 끝날지 모르는 괴로움이 이어질 때, 사람이 성숙해지지 않고서는 배기지 못해서일까? 이 글들을 보면서 위로를 많이 받았다. 엄마를 요양원에 보내고 날 미칠 듯 괴롭혔던 죄책감도 조금 수그러드는 걸 느꼈다. 정신 승리라고 해도 좋다. 다른 방법이 없었을 뿐이다. 엄마를 위한 안전한 선택이자 우리 남매가 각자의 가정을 지키기 위한 최선이었다. 완벽하진 않아도 상황에 맞는 선택이었다. 마음이 많이 나아졌다.

퇴근한 남편과 저녁을 먹으며 치매 카페에서 본 글을 얘기해 줬다. 그다지 유쾌하지 않은 얼굴로 듣던 남편이 한마디 했다.

"나는 절대 우리 부모님 요양원에 안 보내. 절대 남의 손에 안 맡겨. 하지만 만약 내가 천하의 불효자식이라 요양원에 보낼 수밖에 없게 되고 거기서 부모님이 부당한 대우를 받으면 가서 다 죽여 버릴 거야."

　우리 엄마의 자식들은 너무 쉽게 엄마를 요양원에 보냈고, 엄마가 핸드폰도 빼앗기고 할머니한테 혼났는데도 가만히 있었다. 나는 천하의 몹쓸 불효자식인 걸까? 엄마가 요양원에 간 이유 중에는 '남편 너를 포함한 내 가정의 일상을 지키기 위해서'도 있다는 걸 모르나 보네. 치매 카페에서 받은 위로가 무색하게 가슴에 새로운 상처가 남았다. 하지만 겪지 않은 사람은 아무리 설명해도 모른다. 그다지 늙지 않은 엄마가 갑자기 아프고, 그로 인해 일상이 무너지고, 평생 믿고 의지했던 엄마가 인지 저하와 혼란으로 인해 비정상적인 언행을 하는 상황이 어떻게 다가오는지.

　치매 카페에 이런 글이 있었다. 정말 죄송스럽지만 자기는 친구 아버지가 암에 걸리셔서 부러웠다고. 자기 아버지도 치매가 아니고 암이었다면 얼마나 좋았을까 싶다고. 그 마음을 이해하는 사람은 실제로 겪어 본 사람밖에 없을 거다.

　치매는 멀쩡한 사람도 몹쓸 불효자식으로 만드는 슬픈 병임이 틀림없었다.

삶의 끝자락이
이리 초라할 줄이야

　　엄마의 S대학병원 외래 진료 날이었다. 다양한 암 이력에 걸맞게 엄마는 외래 진료도 많았다. 2주에 걸쳐 신경외과, 비뇨기과, 호흡기내과, 방사선종양학과, 내분비내과 교수를 만났다. 그때마다 오빠나 내가 요양원에서 엄마를 픽업하거나 요양보호사와 함께 택시를 타고 온 엄마를 병원에서 만나기도 했다.

　　엄마가 요양보호사와 택시를 타고 병원에 도착했다. 초여름인데 엄마는 패딩을 걸치고 있었다. 안 그러면 견딜 수 없이 춥다고 했다. 몸이 야위고 상태가 안 좋아서 그런 듯했다. 이런 몸으로 방사선 치료와 항암 치료를 견딜 수 있을까? 치료를 계속할지 말지 의사와 상의해야 하지 않을까? 그러나 치료 중단은 엄마에게 없는 옵션이었다. 엄마는 내일 하늘나라에 가도 오늘 치료는 반드시 받을 사람이었다.

엄마와 동행한 요양보호사가 엄마 핸드폰을 몰래 주며 말했다.

"사람들한테 연락할까 봐 아직 안 돌려줬어요. 봐서 잠잠해지면 돌려줄 거니까 걱정 마요. 혹시 또 누구한테 메시지 보내지 않았나 확인해 봐요."

엄마의 핸드폰 잠금을 풀고 카톡과 문자를 확인했다. 예상보다 더 심했다. 할머니 댁 위층 동 반장한테만 연락한 줄 알았는데 10년 전 마지막으로 만난 오빠 친구 엄마, 숙모, 고등학교 동창, 걷기 동호회 회장한테까지 문자를 보낸 이력이 있었다. 전부 밤늦게 발송되었다.

내용은 한결같았다. '갇혀 있으니 꺼내 달라'는 요청이었다. 메시지는 맞춤법이 엉망이었다. 오미실 여사가 미쳤다는 소문이 파다하게 퍼지겠구나. 그러나 별로 신경 쓰이지 않았다. 엄마가 치매일지도 모르고 언제까지 사실지도 모르는데 체면이 중요할까? 미쳤다고 생각하면 그러라지. 요양보호사가 화장실에 간 틈을 타 엄마가 말했다.

"유미야, 나 이 집에서 내보내 줘. 우리 집에 가고 싶어."

"안 돼. 폐 방사선 치료가 세 달 걸린다니까 그것만 끝나고 집에 가자. 거기 엄마 돌봐 주는 사람들 있으니 얼마나 좋아."

"필요 없어. 나 혼자 집에서 병원 다니면 돼."

"안 돼. 부축 없이는 걷지도 못하잖아."

"나 영국 갈 거야."

"갑자기 영국은 무슨 영국이야. 이 몸으로 비행기 열 시간씩 못 타. 그리고 항암 치료랑 방사선 치료는 어쩔 건데."

"영국 다녀와서 할 거야. 이따 사진관 가서 사진 찍고 여권 갱신할 거야."

"엄마 제발…. 간다고 쳐도 누가 엄마랑 가. 혼자 갈 거야? 난 같이 못 가."

"너 필요 없어. 미주 이모 친구랑 가기로 했어. 비행기 삯만 내면 내가 숙소랑 먹을 거 다 책임진다고 했더니 좋대. 같이 가겠대."

요양원 요양보호사님이 장단을 맞춰 준 모양이었다.

이에 더해 엄마는 그날 저녁 친구들 모임에 가겠다고 고집부리며 아프지 않을 때 하던 모든 것을 똑같이 하려고 했다. 암 발병 사실만으로도 충격받아서 삶의 희망을 모두 놓는 사람도 있다. 그런데 엄마는 희망을 잃지 않는 것을 넘어, 불가능한 걸 하겠다고 우기고 있었다. 저렇게 우겨 봐야 본인만 슬퍼질 뿐인데 왜 이렇게 막무가내로 구는 걸까. 현실을 부정하고 싶은 걸까? 그러면 이 현실이 없던 것처럼 될 것 같아서?

"안 돼. 이 몸으로 무슨 모임에 가."

"갈 거야. 내가 총무라서 장부 가지고 가야 돼. 다들 나 기다린다고."

"장부는 내가 나중에 찾아서 아줌마들한테 보내 줄게. 걱정하지 마."

"내가 가야 한다니까?"

"안 된다니까? 엄마 억지 좀 부리지 마! 정신 좀 차려!"

"너 안 된다는 말 좀 그만해! 제발 그만하라고! 제발!"

엄마가 소리를 지르더니(그래 봐야 모깃소리만 했다) 눈을 감고 눈물을 흘렸다. 엄마가 마지막으로 운 게 언제더라. 까마득해서 기억도 안 났다.

"나 지금까지 암 네 번 걸렸는데 한 번도 안 울었어. 근데 지금 너무 서글픈 기분이 들어."

엄마는 뼈가 앙상한 손을 들어 볼에 흐르는 눈물을 닦았다. 엄마의 작고 깡마른 어깨가 들썩였다. 너무나 작고 초라한 모습이었다.

"나 살아 있다고 알리고 싶어. 얼굴 보여 주고 싶다고. 어디서 들은 얘긴데, 모임에 갑자기 안 나오거나 카카오톡

단톡방에서 조용해졌다가 나가는 사람이 있으면 그 사람 죽은 거래."

스스로 몸을 돌볼 수 없는 사람은 사회라는 무대에서 의도치 않게 퇴장당한다. 사회의 당당한 일원이었던 엄마는 인사할 틈도 없이 무리에서 제외되었다. 친한 사람들이야 어떻게든 소식을 듣겠지만 행복센터 영어 수업, 바리스타 수업, 뜨개방 모임, 걷기 동호회에서 엄마는 어느 순간 유령처럼 사라진 상태일 것이다. 하늘의 새처럼 자유롭게 살던 엄마의 세계가 작게 쪼그라들어 있었다. 두 평 남짓한 요양원 방에 갇혀 밖에도 못 나가고, 사람도 못 만나고, 심지어 연락이 끊겨 고립되었다. 하다못해 집에도 갈 수 없는 신세가 되었다.

엄마는 죽는 날까지 새처럼 자유롭게 살고 싶었을 것이다. 하지만 현재 상황에서 엄마에게 자유는 위험했다. 정신과 신체가 아픈 사람에게 과연 자유가 최우선일까? 살아 있어야 자유도 의미가 있는 것 아닐까? 만약 야생에서 살던 새가 늙고 병들어 평생 새장 속에서 살아야 한다면, 그 새에게 자유의지가 있다면 어떤 선택을 할까? 그리고 사람의 선택은 짐승의 그것과 근본적으로 같을까, 다를까?

많이 미안했다. 내가 아이와 남편을 두고 집을 나와서 엄마의 식사를 챙기고, 밤에 밖에 나가는 걸 온몸으로 막고, 끝없이 하는 말을 다 들어 주고, 치매 증상을 감내하고, 엄마를 둘러업고 모임에 데려다준다면 엄마는 어느 정도의 자유와 존엄을 지키며 살 수 있을 것이다. 다시 말해 늙고 아픈 사람이 그나마 덜 초라하게 생의 마지막을 살 수 있으려면 젊고 건강한 누군가가 자기 삶을 어느 정도 혹은 완전히 희생해야 한다. 하나를 포기해야 하나를 건사할 수 있는 서글픈 현실이었다. 엄마에게 죄책감을 느끼는 것밖엔 할 수 있는 일이 없었다.

"유미야, 나 저번에 문자 받았는데 극세사 이불 반값 할인 한대. 전화하면 될 거야. 여름 이불 주문해 줘."

요양원에서는 정해진 이불만 덮을 수 있다. 석 달이라고 말했지만 사실 엄만 요양원에서 언제 나올 수 있을지 모른다. 앞으로 얼마나 더 살지도 모른다. 이불을 주문해도 못 덮을 가능성이 더 크다. 아무 일 없다는 듯 예전의 일상을 고집하며 헛된 희망을 품는 엄마의 모습이 슬펐다. 왜 엄마는 죽음이 머나먼 날의 이야기인 것처럼 굴까.

"그래 엄마. 주문해 놓을게."

포기다. 그냥 알았다고 말했다. 영국에 간다, 모임에 나간다, 집에 돌아가 엄마가 좋아하는 브랜드의 포근한 이불을 덮는다…. 이 모든 게 불가능하다고 다그치지 않기로 했다. 어차피 못 하는 건 못 하는 거고, 내가 애초에 차단하는 건 다르니까. 그나마 이런 것들이 엄마를 무너지지 않게 지탱해 주는지도 몰랐다.

"오미실 환자 들어오세요."

방사선종양학과 교수 진료 차례가 되었다.

"오미실 환자, 지금 폐에도 암 재발한 거 아시죠?"

엄마의 공격적인 암은 신장에서 폐로, 또 뇌로 전이되고, 다시 폐에 재발됐다.

"다음 주부터 방사선이랑 항암 치료 병행할 거예요."

"선생님, 엄마 몸이 이렇게 안 좋은데 치료를 견딜 수 있을까요?"

"그럼요. 충분합니다."

피검사 결과지를 본 의사가 말했다. 수치야 정상일지 몰라도 이런 몰골을 보고도 충분하다고 말하다니. 대체 상태가 얼마나 안 좋은 사람까지 독한 치료를 감당할 수 있다고 생각하는 걸까. 엄마가 자신만만하게 말했다.

"선생님, 저 영국 가려고요. 갔다 와서 치료해도 되죠? 영국에 아무 때나 갈 수 있는 집이 있어요, 별장처럼. 조심해서 갔다 올게요."

의사가 어이없이 픽 웃었다.

"허허 그죠? 이거 봐요, 충분하다니까. 다음 주부터 치료받고 이겨내 봅시다.”

의사가 엄마의 고집을 단번에 꺾어 버렸다. ‘엄마가 머리 수술을 받아서 좀 이상해졌다’라고 말할까 하다가 관뒀다. 이런 환자가 한둘이겠어.

이제 요양원으로 돌아갈 시간이었다.

“엄마 잘 돌아가, 알겠지? 다음 진료 때 만나. 치료받을 때까지만 거기 있는 거니까 잘 적응하고. 알았지?”

“그래, 세 달만 어떻게든 해 볼게. 걱정 마.”

‘괜찮다, 걱정 말라’는 말로 마무리하는 오미실 여사였다. 불안한 평온이 깨지지 않길 바라며, 엄마와 요양보호사를 택시에 태워 요양원으로 보냈다.

희망을 보는 자와
절망에 빠진 자

엄마의 요양원 외출 날이었다. 입소 후 한 달 만의, 병원 외래가 아닌 첫 일반 외출이었다. 엄마가 요양원에 입소할 때 원장은 면회, 외출, 외박이 자유롭다고 말했다. 하지만 막상 엄마를 만나러 가겠다고 연락하면 코로나를 핑계로 자제할 것을 권했다. 병원과 마찬가지로 요양원에서도 코로나는 이들 편의대로 운영할 수 있는 쉬운 핑곗거리였다. 하지만 한편으로는 이해가 갔다. 처음 코로나가 터졌을 때 병원과 요양원에서 다수의 사망자가 나오지 않았던가. 당연히 민감할 수밖에.

요양원 주차장에 차를 대고 선물로 사 온 떡 두 상자를 손에 들었다. 어린이집이든 요양원이든, 돌봄을 제공하는 시설에는 잘 보이려 하는 편이다. 그래야 내 가족을 더 잘 돌봐 주지 않을까 해서다. 돈이라도 찔러 넣고 싶었지만 그러지 못하니 선물이라도 잘 챙겨야지. 현관문을 두드리니 요양보호사가 나와 맞아 줬다. 곧이어 뒤쪽에서 엄마가 나타났다. 목이 늘어난 티셔츠에 몸뻬 바지 차림이었다. 평소 집에서도 예쁜 무늬의 홈웨어만 입던 엄마가 이제 완전히 요양원 할머니가 되어 있었다.

"엄마! 잘 지냈어?"

"응. 얼른 나가자."

"미실 언니, 옷 갈아입고 나가야지."

엄마가 요양보호사와 함께 방에 들어갔다. 갈아입고 나온 옷차림도 촌스럽긴 마찬가지였다. 어디서 났는지 모를 체육복 윗도리에 경량 패딩, 아래는 어두운색 등산 바지였다. 눈치 빠른 요양보호사가 말했다.

"아유, 미실 언니는 옷이 죄다 캐시미어야. 여기선 그런 거 못 입어요. 세탁기에 돌리지도 못하는데 누가 그걸 손빨래하고 앉아 있어. 이 옷 다 깨끗하고 편한 거니 걱정 말아요."

"옷이 무슨 상관이야. 얼른 나가자, 유미야."

엄마를 부축해서 차에 태웠다. 늘 나를 조수석에 태우고 운전해서 다니던 엄마는, 이제 내 차의 오른쪽 뒷좌석에 앉왔다. 조심해서 차를 출발시켰다.

"내가 가만히 보니까… 여기 수상해. 아무래도 요양원 같아."

뜨끔했다. 룸미러로 엄마를 보았다. 엄마가 눈을 가늘게 뜨고 창밖을 보고 있었다. '확실치 않지만 느낌이 좀 그렇다'는 엄마에게 나는 맞다고 할 수도, 아니라고 할 수도 없었다. 어쩌지. 어쩌긴 어째, 말 돌려야지.

"엄마 근데 아까 그 촌스러운 잠옷은 뭐야? 그런 거 입고 지내는 거야?"

"응 여기는 옷을 돌려 입더라고. 이 옷도 누구 건지 몰라. 그냥 주는 대로 입는 거야."

하긴, 여럿이 생활하면서 매일 빨래를 할 텐데 개인별로 분류하지는 못할 것이다. 편의를 생각하면 어쩔 수 없었다.

"유미야, 잠깐 집에 들르자."

올 게 왔구나. 손에 땀이 나기 시작했다.

"어… 엄마. 점심 먹으러 가야지."

"방금 아침 먹었는데 무슨 점심이야."

"집에 갈 일이 뭐가 있어. 나랑 드라이브나 하자, 응?"

"됐어. 집으로 가. 모임 장부만 가지고 나올 거야. 넌 왜 이렇게 안 된다고 하는 게 많니?"

난감했다. 잠깐이라고 하는데 믿어야 할까? 집에 들어가서 안 나오겠다고 버티면 난감해진다. 옆에서 도와줄 사람도 없다. 하지만 엄마를 요양원에 넣어 놓고 해 달라는 건 아무것도 안 해 줬는데 이거 하나는 들어주고 싶은 마음이 들었다. 엄마 집으로 차를 돌렸다. 주차장에 차를 대고 엄마를 부축해서 내렸다. 4층까지 걸어 올라가야 했다. 엄마가 건강할 땐 이 정도 높이는 아무것도 아니지만 이젠 한층 올라가는 것도 버겁다. 엄마는 중간에 여러 번 쉬면서 겨우 4층까지 올라갔다.

현관문을 열고 들어갔다. 집 안은 깨끗하고 햇빛이 들어와 환했다. 엄마가 이사 오기 전 리모델링을 해 새 집과 다름없었다. 계단을 올라오며 숨을 몰아쉬던 엄마가 거실에 주저앉았다. 나도 옆에 앉았다. 노인들이 많이 사는 동네라 그런지 주말 오후인데도 조용했다. 엄마는 이 집에 이사 온 지 겨우 일주일 만에 여기저기 떠돌아다니기 시작했다. 요양병원, C병원 응급실, S대학병원, 요양원…. 엄마가 이 밝고 아늑한 집에 돌아와 작은 전기밥솥에 밥을 해 먹고, 보들보들한 극세사 이불을 덮고 '내 집이 최고다' 하며 잠드는 날이 올까? 아무래도 현실적으로 불가능하겠지. 마음이 서글퍼졌다.

거실에 잠시 앉아 있던 엄마가 일어나 안방으로 들어갔다. 힘들다며 침대에 누울 줄 알았는데 침대 반대편으로

휘적휘적 걸어가더니 벽에 걸린 5월 달력을 부욱 뜯었다. 6월 달력이 나타났다. 엄마는 뜯은 5월 달력을 돌돌 말아 고무줄로 묶어 바닥에 놓았다. 이 행위가 내게는 조금 충격적이었다. 엄마는 집을 떠나 있고, 암이 뇌로 전이되어 개두술까지 받았고, 언제까지 살아 있을지, 또 이 집에 돌아오게 될지 말지도 모르는 상황이다. 그런데 이 집에 들어와 처음 한 일이 새 달에 맞춰 달력을 뜯은 것이라니. 게다가 한 치의 망설임도 없었다. '못 돌아올지도 모르는데 달력을 뜯어서 뭐 하나' 혹은 '나중에 돌아오게 되면 그때 뜯어야지' 같은 복잡한 생각 하나 없는 행동이었다. 달이 바뀌면 달력을 뜯어야 한다는 단순한 진리를 실천하고 있었다.

당사자가 저렇건만 오히려 나는 아무것도 하지 않고 있었다. 매일 이불 속에 누워 처한 상황을 비관하고, 누군가를 원망하고, 수시로 치매 카페에 들어가 극단적인 사연을 읽으며 머릿속에서 엄마를 요양원에서 요양병원으로, 또 정신병원 폐쇄병동으로 옮기는 시뮬레이션을 해 보고, 나를 욕할지도 모르는 친척들과 엄마 친구들에게 말할 변명거리를 생각해 내고 있었다. 그리고 우리 집 달력은 아직 4월에 멈춰 있었다. 현실에 발붙이고 해야 할 일은 하지 않은 채 불안에 떨고만 있던 나야말로 너무 많은 생각으로 죽어 가고 있었다. 엄마는 저렇게 한 치의 의심 없이 삶을 향해 나아가고 있는데.

장롱을 열어서 모임 장부를 뒤적이던 엄마가 쇼핑백에 장부를 넣고 말했다.

"이제 나가자. 다 챙겼어."

엄마는 약속을 지켰다. 점심을 먹은 후 엄마를 요양원에 모셔다드렸다. 이제 내겐 또 할 일이 있었다. 엄마의 차를 파는 것이다. 장롱면허로 20년을 살다 큰맘 먹고 운전을 시작한 그녀는 17년 동안 차를 몰고 전국 여기저기를 누비고 다녔다. 12년 탄 아반떼를 중고로 팔고 신형 아반떼를 샀을 때 주변 사람들이 '또 아반떼냐'고 비웃었지만 엄마는 아랑곳없었다. 나한테 제일 편한 차 타는데 뭐가 문제냐면서.

나도 엄마랑 캐나다 여행 가기 전에 이 차로 운전 연수를 했다. 결혼 전 남편이랑 첫 여행 갈 때도 이 차를 몰고 갔다. 친구들을 태우고 강화도 바닷가에도 놀러 갔다. 내게도 좋은 추억이 이렇게 많은 차인데… 이제 보내 줘야 한다니 가슴이 아렸다. 엄마가 정신 차렸을 때 차가 없으면 얼마나 슬퍼할까. 하지만 엄마가 혹시라도 운전대를 잡으면 큰일 난다. 빨리 팔아 버리는 게 상책이었다.

엄마의 아반떼는 산 지 5년밖에 안 됐는데 주행거리가 8만 킬로미터에 달했다. 참 많이도 다녔다, 우리 엄마. 조수석 대시보드에는 엄마가 운전할 때 듣던 올드팝 CD, 5만 원권, 자동차등록증, 장바구니가 깔끔하게 정리되어 있었다. 엄마는 태어나 가장 잘한 일이 운전을 시작한 것이라고 말했다. 갑작스레 찾아온 병은 엄마로부터 가장 즐거운 일까지 앗아가 버렸다.

약속한 시각이 되자 중고차 딜러가 나타났다. 중고차 앱에서 찾은 딜러였다. 미주 이모의 지인이 중고차 딜러라서 문의해 봤을 때 800만 원 정도 주겠다고 했는데, 이 앱에서 어떤 딜러가 1000만 원 넘게 견적을 내서 이 사람을 불렀다. 물어보고 영 아니다 싶으면 돌려보내고 미주 이모 지인한테 팔아야지.

딜러는 생각보다 젊었다. 나보다 대여섯 살은 어려 보였다. 딜러가 이곳저곳 살펴보더니 살짝 인상을 썼다. 차에 작은 흠집이 많고 상태가 별로 안 좋다는 것이었다. 사실이긴 했다. 엄마가 병원에 입원하기 얼마 전 논두렁에 바퀴가 빠지기도 했고, 주차하다 여기저기 긁힌 자국도 있으니. 차를 몰고 아파트 단지를 한 바퀴 돌고 온 딜러가 최종 가격을 제시했다. 500만 원. 앱에 올렸을 때는 1000만 원을 불렀으면서 금액을 반이나 후려치는 모습에 기가 막혔다. 하지만 차의 결점을 조목조목 읊는 데 차에 대한 지식이 없는 나는 반박할 수 없었다. 게다가 다른 딜러에게도 문의하고 다시 연락을 주겠다고 얘기하자, 수원에서부터 이 먼 거리를 왔는데 그냥 보내는 건 예의가 아니지 않냐면서 기분 나쁜 티를 팍팍 냈다.

　순간 짜증이 나서 안 판다고 할까 싶었지만 한편으로 다 귀찮기도 했다. 오늘 이렇게 보내면 또 언제 와서 차를 파나? 우리 집에서 A시까지는 두 시간이 걸리는데 차를 팔러 또 와야 한다고 생각하니 기운이 빠졌다. 미주 이모의 지인에게 팔면 최소 200만 원은 더 받을 수 있을 것 같았지만 내겐 시간도 마음도 여유가 전혀 없었다. 오늘 모든 걸 해치우고 싶었다.

　그리하여 엄마의 차는 우리 곁을 떠났다. 엄마와 함께 많은 이야기를 나누고, 음악을 듣고, 즐겁게 여행한 추억이 담긴 하얀색 아반떼가 헐값에 인계되고 말았다. 이 또한 엄마가 갑작스레 아프면서 생긴 작은 비극이었다.

자기 연민이라는 적

수요일 밤, 남편과 집에서 영화를 보고 있었다. 우리는 신혼 초부터 일주일에 한 번 영화를 보며 야식을 먹는 소소한 이벤트를 즐겼다. 엄마를 생각하면 속이 썩어 들어갔지만, 나는 최대한 일상을 유지하려 애썼다.

영화가 후반부에 들어설 무렵, 핸드폰이 울렸다. 심장이 쿵 하고 떨어졌다. 밤 늦은 시간에 오는 전화는 백 퍼센트 나쁜 일이다. 핸드폰 화면의 발신자를 보니, 역시 엄마였다. 엄마가 핸드폰을 되찾았구나. 눈을 질끈 감았다. 떨리는 손으로 통화 버튼을 눌렀다.

"야, 당장 와서 나 집에 데려다줘. 여기서 잠 못 자. 며칠째 한숨도 못 잤어. 사람이 잠은 자야 할 거 아냐! 집에서 자고 아침에 여기로 돌아올 테니까 빨리 데려다줘.”

“지금 열한 시가 넘었는데 어떻게 가. 못 가.”

“운전해서 오면 되잖아. 빨리 와. 나 기다린다.”

“나 밤에 운전 못 해. 내일 아침에 다시 얘기해. 응?”

“나 지금 미치기 일보 직전이야! 빨리 와!”

뚝. 엄마가 소리를 빽 지르고 전화를 끊었다. 엄마가 핸드폰을 되찾은 순간부터 다시 지옥 시작이었다. 추운 겨울, 성냥팔이 소녀가 성냥을 켜고 미약한 온기를 느끼다 불이 꺼졌을 때 이런 기분이었을까? 불안할지언정 겨우 찾았던 평온이 사라졌다. 식탁 위에 놓인 후라이드 치킨에서 아직 따끈한 온기가 올라오고 있었지만 손도 대고 싶지 않았다. 얼굴을 감싸 쥐었다. 전화를 끊은 지 3분도 안 돼 다시 전화가 울렸다.

“미치겠네. 안 받고 싶다.”

“그래도 받아야지.”

“안 받을래. 요양원에서도 받지 말라고 했었고.”

“나중에 후회할 수도 있잖아.”

그건 그랬다. 엄마는 4기 암 환자니까. 그리고 솔직히 남편 보기도 민망했다. 내 속마음을 모르는 그가 엄마 전화를 피하는 나를 인정머리 없는 불효자식으로 볼까 봐 걱정됐다. 내키지 않았지만 없는 용기를 내 전화를 받았다.

"너 출발했어?"

"아니 엄마. 나 못 가. 내일 아침에 다시 얘기해."

"지금 바로 출발해. 나 미치기 전에 당장 와! 안 오면 나 여기서 뛰어내릴 거야. 마지막 경고야. 당장 와!!"

뚝. 이 순간, 뛰어내리고 싶은 건 오히려 나였다. 죄의식, 극도의 불안, 괴로움, 육체적 피로, 원망이 한꺼번에 몰려왔다. 엄마를 요양원에 계속 두자니 죄책감으로 미칠 지경이었고, 집으로 홀로 돌려보내자니 엄마의 안전이 걱정됐다. 난생처음 보는 공격적인 언행이 엄마가 제정신이 아니라는 방증이었으니까. 어쩌다 일이 이렇게까지 됐을까? 그때까지 가까스로 꾹꾹 눌러 놓았던 생각이 스멀스멀 기어나왔다.

"남편, 나 오빠한테 진짜 서운해. 오빠네 식구들, 엄마 요양병원 들어갈 때 하와이 갔잖아. 그때 나 믿고 마음 편히 놀다 오라고 문자 보냈다? 그때 나 응급실에서 엄마 간병하다가 감기 걸려서 우리 아기한테 옮기는 바람에 아기가 중이염 걸려서 두 달을 고생했잖아."

서운함에 눈물이 맺혔다.

"왜 나만 이렇게 엄마를 걱정하고 전전긍긍해야 해? 엄마나 아빠가 오빠네 부부한테 조금이라도 귀찮은 일 시킬

거 같으면 내가 나서서 했거든? 심지어 오빠 결혼하기 전에 아빠가 급전 필요하다고 둘이 반씩 부담해서 빌려 달라고 했을 때, 내가 혼자 전액 대출해서 드렸어. 둘이 마음 편히 결혼하라고. 나 4년 동안 그 돈 원금이랑 이자 나눠서 다 갚았잖아. 이자만 5백만 원이었어.”

말하다 보니 내가 세상에서 제일 불쌍한 사람이 된 것 같았다. 가족을 위해 노력해도 인정받지 못하고 계속해서 희생해야 하는 슬픈 운명의 주인공.

“그런데 어떻게 엄마를 집에서 2주도 모시기가 어렵대? 길게도 아닌데, 남이라도 2주는 돌봐 주겠다!!”

나는 씩씩댔다. 결국 나는 원망을 오빠 부부에게 돌리고 있었다. 상황이 심각해질수록 ‘만약에’라는 무한 루프를 돌렸고, 대부분 ‘오빠 부부가 퇴원한 엄마를 집에서 2주만 모셨다면 엄마가 안정을 찾아 지금처럼 공격적이고 폭력적인 치매 노인처럼 굴지 않았을 것이다’라는 결론에 다다랐다. 남편은 내 얘기를 가만히 듣고만 있었다. 그래, 네게도 이건 남의 집 얘기지.

나는 영화와 치킨을 뒤로하고 이어폰을 챙겨 방으로 들어왔다. 침대에 누워 유튜브를 켰다. 이렇게 마음이 엉망일 땐 법륜스님의 〈즉문즉설〉을 들어야 한다. 〈즉문즉설〉은 괴로워서 죽고 싶은 마음을 잔잔하게 가라앉혀 준다. 문제는 그걸 끄는 순간 다시 진흙탕 같은 현실로 돌아온다는 것. 마약은 아니지만 마약만큼 효과가 좋은 것도 사실이다. 유난히 힘든 날은 아침에 눈 뜨자마자 듣기 시작해 밤에 눈 감을 때까지 듣는다. 그러면 그날은 그럭저럭 버틸 수 있다.

유튜브 알고리즘은 〈즉문즉설〉의 다양한 사연들로 나를 안내했다. 25년 동안 시어머니를 한방에서 모시고 산 며느리, 히키코모리 아들을 둔 엄마, 중증 장애아를 키우는 아빠, 남편이 밖에서 애를 낳아 와 속상한 아내…. 세상엔 기구한 사연을 가진 사람이 많았다. 모두가 갖가지 문제로 고통받고 있었다. 사는 것 자체가 문제라고 생각될 만큼.

힘든 일을 겪는 사람들은 본인의 운명을 딱하게 여긴다. 그리고 자신의 불행한 상황에 대해 부모를, 형제를, 배우자를, 친구를, 직장 동료를 원망한다. 하지만 고통에서 벗어나지 못하게 만드는 것이 바로 남에 대한 원망과 자기 연민이다. 남을 원망해 봐야 무엇이 바뀌는가? 자신을 불쌍히 여기며 주저앉아 있으면 누가 나를 일으켜 세우겠는가?

사실 냉정히 보면 그랬다. 이 모든 상황은 엄마가 암에 걸려서지, 오빠네 부부가 잘못해서 생긴 건 아니다. 그들이 엄마를 모셨어도 엄마는 똑같은 증상을 보였을지도 모른다. 더 나쁘게는 오빠 부부와 엄마가 한집에서 뒤엉켜 지내다 심한 사달이 났을지도 모른다. 이 때문에 어린 조카가 많이 힘들어했을지도 모르고.

그리고 내가 오빠네 부부, 특히 올케언니한테 평소 잘하기나 했나? 재작년 올케언니가 자궁근종 수술 받았을 때 전화만 한 통 하고 면회도 안 갔다. 언니는 우리 집에 올 때마다 반찬을 바리바리 싸 왔는데 난 언니한테 선물 하나 제대로 한 적 없다. 하다못해 언니가 가져온 반찬 통도 제때 돌려주지 않았다. 아기 옷도 많이 선물해 줬는데 나는 조카에게 뭘 해 줬지?

무엇보다 엄마는 우리 엄마지 올케언니의 엄마가 아니다. 오빠 혼자면야 모르겠지만, 여력이 안 되는 올케언니에게 희생을 강요해선 안 된다. 우리 시어머니가 이런 상황이라면 난 흔쾌히 시어머니를 모셨을까? 지금이야 '딱 2주인데 남이라도 돌봐주겠다'라고 생각하지만 실제 상황이 되면 모른다. 누가 그랬지. 어떤 상황에서 "나는 절대 그렇게 안 할 거다"라고 단언하지 말라고. 그저 운이 좋아서 아직 그 상황에 놓이지 않은 것을 감사히 여겨야 할 뿐이라고. 자기 연민과 뒤틀린 죄책감이 나를 좀먹고 있었다. 내 못난 면은 오빠 부부를 희생양으로 삼고 싶어 했다. 무력해질 수밖에 없는 상황에서 내 죄책감을 덜기 위해 그들이 필요했던 모양이다.

잠들기 직전, 법륜스님이 하는 말이 귀에 어렴풋하게 들어왔다.

"10년 지나서 돌아보면 다 한여름 밤의 꿈이에요."

내게도 이 시기가 꿈같이 느껴지는 때가 오겠지? 지금 괴로워하고 이리 뛰고 저리 뛰는 것도 나중에 편하게 '그땐 그랬지' 하는 날이 오겠지? 너무 아등바등하지 말자. 어찌 할 수 없다면 폭풍우 치는 바다를 멀리서 바라보듯 고요히 있는 것도 괜찮을 것이다. 지금 상황은 누구의 탓도 아니다. 우리 모두의 능력으로 어찌할 수 없는 상황임을 인정하고, 무력함에 절망하지 말자.

다음 날 아침, 핸드폰에는 엄마에게서 온 부재중 전화가 30통 찍혀 있었다.

둘 중 하나가 죽어야
끝이 나려나

부재중 전화 30통이라. 머리가 지끈 아팠다. 요양원에서 온 메시지가 있었다. 간밤에 엄마가 핸드폰 내놓으라고 난리 치다가 야간 근무 하던 요양보호사 손을 깨물었다는 소식이었다. 살갗에 자국만 난 정도로 심하진 않았으니 너무 걱정 말라는 말에 정신이 아득해졌다. 하다 하다 이젠 폭력까지…. 죄송하다는 말을 다양한 표현에 담아 답장했다. 다행히 요양보호사가 괜찮으니 신경 쓰지 말라고 답장하며, 지금은 엄마가 옷장에 숨겨 둔 핸드폰을 기어코 찾아서 누구랑 한참 통화 중이라고 말했다. 에휴, 또 동네방네 떠들겠구나. 천하의 불효막심한 아들딸이 자길 요양원에 감금

했으니 데리러 오라고. 엄마는 마침내 그곳이 요양원임을 인지하는 데까지 이르렀다.

그때 모르는 핸드폰 번호로 전화가 왔다.

"여보세요?"

"야, 너 진짜 안 올 거야?"

"엄마? 이거 누구 핸드폰이야?"

"알 거 없어. 왜 내 전화를 안 받니? 너 당장 여기로 와."

"엄마 나 못 가. 아기 봐야지."

"네 시어머니한테 맡기고 빨리 와!"

"어머니 아기 못 보셔. 요새 어깨 아파서 집안일도 못 하신대."

"그럼 어린이집에라도 맡기고 와! 너 나 죽는 꼴 보고 싶어?"

엄마는 이제 밤뿐 아니라 낮에도 폭주하고 있었다.

"엄마 제발… 좀! 조금만 있으라고 했잖아!"

아무리 제정신 아닌 엄마라지만 화가 났다. 나보고 어쩌라고. 나도 좀 살자, 제발! 엄마!

"나 지금 뛰어내릴 거니까 알아서 해. 당장 오든지 나 죽는 꼴 보든지."

뚝. 전화가 끊겼다. 그래 봐야 엄마의 방은 1층이고, 요양보호사들이 엄마가 창문에서 뛰어내리게 내버려둘 리는 없었다. 엄마는 고통스러울지언정 살아 있을 것이다. 지옥 속에서.

　머리가 지끈거렸다. 엄마는 누구 핸드폰으로 전화했을까? 번호를 '요양원?'으로 저장하고 카카오톡을 켜 친구 목록 새로고침을 했다. 새로운 친구가 떴다. 프로필을 눌러보니 스튜디오 웨딩 사진이었다. 하얀 드레스를 입은 젊고 예쁜 신부가 신랑의 팔짱을 끼고 있었다. 신랑도 키가 크고 잘생긴 얼굴이었다. 뒷배경을 눌러 이전 사진을 보니 엄마의 요양원 남자 친구가 휠체어를 타고 가족들과 요양원 정원에 서 있었다. 엄마가 그 아저씨 핸드폰으로 전화했구나.

　나는 화면을 터치해 다른 사진을 봤다. 결혼식이었다. 화창한 날, 교회 야외 결혼식장에서 아까 그 신랑과 신부가 퇴장하고 있었다. 환한 미소가 너무나 예쁜 커플이었다. 인생에서 아픔은 요만큼도 없다는 듯 티 없이 밝은 얼굴. 하지만 둘 중 하나는 아버지가 거동도 못 하고 10년째 요양원에서 지내는 아픔을 숨기고 있겠지. 이 아저씨의 자식은 둘 중 누구일까? 딸일까, 아들일까?

　다시 모르는 번호로 전화가 왔다. 이번에는 또 다른 번호였다. 불길했다. 왠지 엄마일 것 같았다. 받지 말까? 그러나 전화를 받기로 했다. 이겨 내야지. 저 어린 부부도 아빠가 저런 상태인데 아무렇지 않게 웃고 있지 않나? 나는 그

들보다 최소 열 살은 많고, 삶의 연륜도 있고, 강인한 사람
이다. 의연하고 담담하게 이겨 내자. 자신감을 갖자.

"여보세요?"

"야. 이 개 같은 년아."

처음 들어 보는 쌍욕이었다.

"뭐… 뭐? 엄마 왜 나한테 욕해?"

"이 쌍노무 기집애야. 당장 안 와?"

심장이 터질 듯 뛰었다. 인내심이 바로 한계치로 치솟았다.

"욕 하지 마."

"내가 욕 안 하게 생겼어? 이 개 같은 년아? 나 죽기 일
보 직전인데?"

"욕하지 말라니까."

"욕이 문제야 이 쌍노무 기집애야? 왜 안 오냐고! 어?"

엄마는 '개 같은 년'과 '쌍노무 기집애'라는 두 가지 욕
을 반복하고 있었다. 아는 욕이 저 두 개가 다야? 나는 눈
을 감고 '엄마는 환자다, 제정신이 아닌 상태다, 동요하지
말자'를 되뇌며 평정심을 찾으려 애썼다.

"빨리 와! 당장 와! 내가 가만 안 둬. 빨리 와!!"

"못 가."

"이게 진짜! 내가 암 때문이 아니라 숨이 막혀서 죽을
지경이라고! 너는 네 엄마를 요양원에 가둬 놓고 잠이 오

니? 어? 너나 오빠나 똑같아! 자식이라고 키워 놨더니 이
것들이!!"

"그래도 못 가!!"

"나 죽을 거야! 이 개 같은 년아!!"

"욕 좀 그만해!"

"뭘 잘했다고 소리를 질러! 넌 내가 죽는다고 해도 안
오냐? 나 죽을 거라고!!"

"이러지 마 엄마… 응? 상황에 맞춰서 행동해야지 이렇
게 생떼를 부리면 어떡해? 제발 나 좀 살려 줘. 이게 현재
상황에선 최선이야."

"너는 배부르고 등 따습게 집에서 놀고먹는데 뭘 살려
줘? 나 이런 데다가 처박아 놓고 룰루랄라 하고 있잖아! 나
죽기 일보 직전인데!!"

나는 기어이 폭발하고 말았다.

"아 나도 몰라 이제!! 그냥 죽어, 죽어! 나도 지금 팍 죽
어 버릴 거니까 엄마도 거기서 죽어! 죽어 그냥!! 죽어!!!"

핸드폰이 터져라 고함을 질렀다. 소리 지르다 목이 터져
내가 콱 죽어 버리고 싶었다. 둘 중 하나가 죽어야 끝이 날
것 같았다. 눈물이 쏟아졌다.

엄마가 잠시 멈칫하더니 소리를 질렀다.

"그래 죽자! 너도 죽고! 나도 죽고! 그냥 다 죽어!!!"

전화가 끊겼다. 나는 벽에 머리를 박았다. 이 등신아, 너야말로 왜 살아 있니. 아픈 엄마에게 죽으라고 소리 지르는 쓰레기 같은 인간아. 벌레만도 못한 인간아. 누가 보면 무슨 엄마 간병을 10년은 한 줄 알겠다. 불과 몇 분 전에 크게 깨달은 것처럼 굴며 맘을 다잡고 전화를 받았건만 무너지는 건 순식간이었다. 나는 한없이 나약하고 이기적인 인격 파탄자였다.

다음 날, 엄마의 외래 진료가 있었다. 엄마에게선 아침까지 연락이 오지 않았다. 엄마는 어떻게 됐을까? 설마 진짜 뛰어내린 건 아니겠지? 예정대로라면 오빠가 차로 엄마를 모시고 병원에 갔을 것이다. 점심 때까지 오빠에게선 연락이 없었다. 알고 싶지 않았지만 그래도 나는 확인을 해야 직성이 풀리는 사람이라 오빠에게 카톡을 보냈다. 오빠에게서 답장이 왔다.

– 지금 교수 진료 기다리는 중.
– 요양원에서 밥 먹고 아침 여섯 시 반에 출발했어.
– 새벽 네 시부터 나한테 계속 전화해서 죽는 줄….
– 잠깐, 지금 진료 들어간다 이따 연락할게.

10분쯤 지나 연락이 왔다.

- 엄마 다음 주부터 항암 치료 시작할 거야.
- 3주에 한 번씩 3개월 해 본대.
- 엄마 미영 이모랑 통화하다 핸드폰 집어 던짐.
- 자꾸 집에 가겠대.

이후 오빠는 한참 동안 연락이 없었다. 아침에 종양내과부터 시작해서 신경외과, 방사선종양학과 진료가 주르륵 있어서 오후 늦게야 모든 진료가 끝날 예정이었다. 나는 조마조마한 마음으로 오빠의 연락을 기다렸다. 늦은 오후가 되어서야 오빠에게 카톡이 왔다.

- 엄마 요양원 절대 안 들어간대.
- 내일 엄마 요양병원으로 옮기자.
- 거기도 안 들어가면 엄마 혼자 살라 그래. 더 이상은 주변 사람들이 너무 힘들어.
- 내일 병원 안 들어가고 버티면 경찰에 신고할 거야.

이 인간 뭐야. 경찰 불러서 뭘 어떻게 할 건데. 엄마는 병원 들어가면 그야말로 죽을지도 모른다. 암 수술과 항암 치료로 인해 엄마는 병원에 학을 뗐다. 병원 밥은 입에도 안 댔다. 요양원은 그나마 가정집처럼 운영되어 밥도 먹고 버티는 거지, 병원에서는 하루도 못 살지도 모른다. 지금으로선 요양원이 최선이라니까. 에휴, 자식들끼리도 손발 안 맞아서 못 해 먹겠네.

– 기다려 봐. 내가 요양원에 연락해 볼게.

요양원에 전화해 사정을 설명했더니 문 앞까지만 차로 데려다주면 자기들이 알아서 하겠다고 했다. 거기 분들 모두 훈련받은 사람들이니 믿고 맡겨 달라는 말, 엄마가 말만 그렇게 하지 폭력적인 성정은 아니라 걱정할 필요 없다는 말도 덧붙였다. 고마워서 눈물이 날 지경이었다.

– 오빠, 그냥 오래. 문 앞까지만 데려다주면 자기들이 알아서 한대.
– 치매 카페에 보면 요양원 들어간 사람 중에 죽어 버린다고 자식들 협박하고 전화 100통씩 하는 사람들도 있대.
– 그러다가 적응하고 잘 산대.
– 암튼 엄마 암 네 번 걸리고 감당 안 돼서 정신적으로 무너진 거 같으니 당분간 지켜보자.

오빠가 엄마를 요양병원, 거기도 안 되면 정신병원 폐쇄병동에 들여보내자고 날뛸까 봐 최대한 좋게 구슬렸다. 나는 엄마를 오빠에게서까지 지켜야 했다.

- 나 이제 엄마 태우고 간다.
- 가는 길 중간에 엄마 집이 있어서 딴 데로 새거나 집 지나치면 차 안에서 난리 날 가능성.
- 나 교통사고로 죽으면 장례나 잘 치러 줘라.

왜 오버하고 있어. 그러나 지금 엄마 상태를 보면 아예 가능성 없는 일도 아니었다. 그러고는 또 한참 연락이 없었다. 난 어김없이 어두운 방바닥에 누워 천장을 바라보고 있었다. 정말 차 사고로 엄마랑 오빠를 동시에 잃으면 어떡하지? 만에 하나 그런 일이 일어나면 합동 장례를 치러야 하나? 조카는 어쩌고 올케언니는 어쩌지? 근데 그러면 나 평생 조카 못 보나? 나는 늘 그렇듯 불길한 쪽으로 상상의 나래를 펼치기 시작했다.

전화가 울렸다. 오빠였다.

"야, 엄마 들어갔다. 와 진짜 미치는 줄 알았어."

"왜? 문 앞에서 버텨서?"

"하아… 요양원 가는 길에 엄마 집 지났거든? 엄마가 내려 달라고 난리를 치는 거야. 그러면서 차에서 뛰어내린다고 계속 차 문을 열려고 그래. 그래서 내가 한 손은 운전대

잡고 한 손은 문 잠그는 버튼 다다다다다 계속 누르면서 갔어. 오늘 엄마랑 황천길 건너는 줄 알았다."

"근데 달리는 차에서 문이 열려?"

"어 열리지. 진짜 식겁했어. 내가 엄마 딴생각하라고 미주 이모한테 전화해서 저녁 먹자고 말하라 했더니, 통화하다가 금방 기분 좋아지더라. 그러고 요양원에 도착했는데, 황당한 거 뭔지 알아?"

"뭔데?"

"그 앞에 직원이 나와 있으니까 나 한 번 흘겨보더니 '너 나중에 보자'면서 나갔어. 그러고 자기 발로 성큼성큼 문 열고 들어갔어. 와…〈유주얼 서스펙트〉인 줄. 대박이야, 엄마."

긴장이 풀린 오빠와 나는 서로 키득댔다. 마치 옛날에 엄마를 두고 우리 둘이 놀리던 것처럼. 엄마는 유머 감각도 별로 없고 고지식했지만 종종 독특한 언행을 보였다. 진지한 행동이 오히려 웃음 포인트가 되는 유의 사람이랄까. 오빠와 나는 각자 목격한 엄마의 엉뚱한 언행을 공유하며 낄낄대길 좋아했다. 그만큼 엄마는 우리 집에서 관심을 가장 많이 받는 인기 스타였다. 귀엽고 엉뚱한 그녀의 모습은 이제 찾아볼 수 없게 되었지만.

위기의 하루가 무사히 끝났다. 엄마가 순순히 들어가서 안심이었고, 힘든 일정을 소화하고 생사의 갈림길에서 현

명하게 대처한 오빠에게 고맙기도 했다. 요양보호사에게
서 전화가 왔다.

"엄마 지금 씻고 식사하고 계세요. 잘 들어오셨으니 걱
정 마요. 어휴, 오빠도 어깨가 축 처졌더구먼. 얼굴빛도 안
좋고. 자식들이 고생이야. 피곤할 텐데 얼른 자요."

순탄한 하루는 아니었지만 그래도 끝이 좋으니 다 괜찮
았다. 불안하지만 하루하루 무사히 지나가고 있다는 것에
감사했다.

엄마를 살리러
다시 길을 나서다

아기 돌잔치 날이었다. 양가 직계 가족만 초대해 식사 자리를 가졌다. 엄마는 참석하지 못했다. 정신이 온전치 못해서이기도 하지만, 지난주에 방사선과 항암 치료를 시작하고 컨디션이 급속도로 나빠졌기 때문이다. 밤새 대여섯 번씩 울리던 전화도 이제 오지 않았다. 전화가 빗발칠 때는 돌아 버릴 지경이었는데 전화가 오지 않으니 이것 또한 걱정이었다. 엄마의 컨디션이 전화도 못 걸 정도로 안 좋은 걸까? 전날 저녁, 엄마의 상태가 좋지 않다는 연락을 받았다.

"엄마가 밥을 거의 못 드셔. 오늘 아침에도 내가 사정사정해서 겨우 죽 세 숟가락 잡쉈어. 좀 드셔야 할 텐데…. 엊

그제부터 설사를 심하게 해서 계속 이 상태면 위험할 수 있어요. 병원에서 준 지사제 복용하기 시작했으니 좀 두고 보기로 해요.”

병원에서 준 항암 치료 부작용 안내지에 설사 증상이 있었다. 지사제 복용 후에도 심한 설사가 3일 이상 지속되면 내원하라고 했다. 그래도 이틀째니까 요양보호사 말대로 조금만 두고 보자. 엄마의 회복력을 믿고 싶었다.

사진 기사가 돌 사진으로 아기를 찍고 있을 때 핸드폰이 울렸다. 엄마였다. 시간이 빠듯했지만 양해를 구하고 나가서 전화를 받았다.

“여보세요? 엄마? 몸은 좀 어때?”

“응 견딜 만해. 저녁 먹었니?”

아침인데.

“으응…. 엄마 밥 먹었어?”

“저녁 먹었지. 있잖아, 너무 이상해. 나 지금 미국이야. 비행기 탄 기억도 없는데 미국에 와 있어.”

이건 또 뭐야. 이제 뇌가 제 기능을 아예 못 하나? 무슨 말을 해야 할지 난감했다. 장단을 맞춰 줘야 할까, 아니면 현실을 일깨워 줘야 할까?

“지금 미국이야? 누구랑 있는데?”

“처음 보는 사람들이야. 여행 온 것 같은데, 예전에 너랑 여행할 때 갔던 호스텔 있지? 왠지 거기 같아. 캐나다에 있던."

엄마는 어제까지 같이 있던 사람들도 알아보지 못했다.

"이왕 온 거니까 여기서 여행 좀 하다 갈게. 구경 다 하고 동민이(뇌졸중 걸린 요양원 남자 친구) 운동화 한 켤레 사 갈 거야. 내가 한국에 돌아가서 동민이 연습시켜서 걷게 해 줄 거야. 젊은 나이에 걷지도 못하고 얼마나 안타깝니."

엄마는 젊어서 뇌졸중에 걸려 걷지도 말하지도 못하게 된 요양원 남자 친구가 매우 안쓰러웠던 모양이다. 어떻게 반응해야 할지 알 수 없었다. 원인을 파악해야 해결의 실마리가 보일 텐데 아무것도 확실치 않았다. 단 한 가지 확실한 사실은 나날이 엄마의 몸과 정신이 무너지고 있다는 것이었다. 전화를 끊고, 요양보호사에게 전화를 걸었다.

"오미실 어르신 딸입니다. 엄마가 이상한 것 같아요."

"네 이상해요. 갑자기 인지가 확 떨어졌어. 좀 아까 화장실 가고 싶다고 해서 데려다줬더니, 용변을 어떻게 보냐고 물어. 너무 깜짝 놀랐어. 하루 만에 사람이 이렇게 되나 참."

"그래서 용변은 보셨어요?"

"내가 도와줘서 해결했어요. 우리도 난감해요. 일반적인 치매도 아닌 것 같고…. 설사는 좀 잦아들었어요. 식사는 여전히 안 해서 억지로 몇 숟가락 떠먹여 줬고."

엄마…. 60년 넘게 인간답게 생리현상을 처리했는데 한

순간에 잊으면 어떡해. 더 이상 퇴화하지 마, 제발. 미국에 있다고 하질 않나 화장실 가는 법을 까먹질 않나, 엄마의 변화는 매번 상상 초월이었다. 늘 안 좋은 쪽으로 상상의 나래를 펼치는 나였지만, 내 상상력으론 어림도 없었다. 요양원에서 빼내 달라고 난리 칠 때가 차라리 나았으려나?

이후 엄마는 이틀 동안 연락이 없었다. 다시 불안한 평온이 찾아왔다. 예전의 나라면 무슨 소리를 듣더라도 먼저 연락했겠지만 지칠 대로 지친 나는 굳이 알고 싶지 않았다. 하루라도 더 아무 일 없이 지나가고 싶었다. 상태가 많이 심각하면 요양원에서 연락이 오겠지.

그러나 그다음 날에도 엄마에게서 전화가 안 오자 온갖 생각이 나를 괴롭혔다. 가장 큰 비중을 차지하는 건 죄책감이었다. 내 마음 편하자고 엄마를 모른 척하는 내가 끔찍했다. 용기를 내 엄마에게 전화를 걸었다.

"여…보세…"

목소리가 너무 작아서 거의 알아들을 수 없을 정도였다.

"엄마? 괜찮아?"

"응… 좀… ㄴ…"

"응? 안 들려."

"좀… 나아…"

엄마가 있는 힘껏 목소리를 냈지만 여전히 모깃소리만

했다. 좀 낫긴 뭐가 나아. 목소리까지 안 나오는데. 순간 눈물이 고였다.

"엄마, 옆에 사람 있으면 바꿔 줘."

"따님, 어르신이 지금 많이 안 좋아. 누워만 있고 밥도 거의 못 드셔."

원장이었다.

"어떡하죠? 어디가 안 좋아요?"

"설사가 심해요. 좋아지나 싶더니 어제 아침부터 또 시작했어. 혈압도 낮아서 오전엔 39에 70이었어. 영상 통화해 줄 테니까 직접 봐요."

평소 저혈압인 나도 60에 90은 나오는데 39에 70이라니. 원장에게서 온 영상 통화를 수락했다. 화면이 켜지고 누워 있는 엄마의 얼굴이 보였다. 핏기 없이 바싹 마른 얼굴에 겨우 뜬 실눈, 반쯤 벌어진 입으로는 숨을 몰아쉬고 있었다. 엄마의 모습을 보자마자 눈물이 앞을 가렸다. 마치 산 송장 같았다. 엄마가 저 지경이 될 때까지 나는 뭘 하고 있었나. 엄마는 저 지경이 되어서도 내가 걱정할까 봐 몸이 좀 낫다고 말했는데 나는 나 살자고 엄마를 모른 척하고 있었다. 지독한 자기혐오가 깊은 곳에서부터 솟아올랐다.

"제가 지금 갈게요."

나는 남편에게 전화해 사정을 설명하고 당장 집으로 와

달라고 했다. 남편이 집에 도착하자마자 아기를 시어머니에게 데려다주고 A시로 향했다. 7시 반쯤 되자 해가 지기 시작했다. 서쪽으로 향하는 길이라 그런지 노을이 장관이었다. 온통 황금빛 석양으로 물든 시골 풍경이 아름다웠다. 모든 풀과 잎이 싱그러운 연둣빛을 띠고 있었다. 차창을 살짝 내리니 기분 좋은 미지근한 바람이 새어 들어왔다. 라디오에서는 클래식 음악이 나오고 있었다. 절망스러운 마음과는 별개로 이 순간 모든 풍경이 완벽했다.

그러나 멋진 황금빛 풍경은 길지 않았다. A시에 도착할 무렵엔 주변이 온통 깜깜해져 있었다. 잠깐 풀어졌던 마음이 다시 긴장되기 시작했다. 요양원 마당에 차를 대고 내렸다. 창문으로 들여다보니 불이 꺼져 있고 거실에만 작은 등이 켜져 있었다. 출입문을 노크하니 요양보호사가 문을 열어 주었다. 우리는 그녀를 따라 엄마 방으로 들어갔다. 엄마는 영상 통화 때처럼 메마른 모습으로 숨을 몰아쉬며 누워 있었다.

"미실 언니, 일어나 봐. 딸 왔어."

엄마가 감은 눈을 떴다.

"어… 어… 하아."

엄마가 힘없이 손을 흔들며 희미하게, 하지만 분명히 기쁘게 웃었다. 달싹거리는 입술은 내 이름을 발음하지 못했다. 그러고는 눈을 채 감지도 못하고 곧바로 잠에 빠져들었다. 이제 결정을 해야 했다. 엄마를 그대로 둘지, 아니면 데려갈지.

　만약 엄마가 이곳을 떠나 병원에 입원하면 퇴원하고 다시는 돌아오지 못할 것이다. 그동안 엄마는 충분히 말썽을 부렸고, 요양보호사들이 항암 치료 하는 엄마의 뒤치다꺼리를 하느라 힘들다고 대놓고 불평했기 때문이다. 있는 사람을 쫓아내기란 쉽지 않지만, 이미 나간 사람을 못 들어오게 하는 건 쉬운 일이다. 그렇다고 다른 요양원으로 옮기기도 애매했다. 엄마는 요양 등급이 없으니 받아 주는 요양원을 찾기 어려울 것이다. 아까 출장 중인 오빠랑 통화했을 때 오빠도 같은 이유로 요양원에서 엄마를 데리고 나오길 꺼렸다.

　결정해야 했다. 만약 지금 엄마를 병원으로 옮기면 다시 원점에서 시작해야 한다. 그리고 응급실로 밀고 들어가야 하므로 엄마 간병은 다시 내 몫이 된다. C병원 응급실과 S대학병원 응급실에서 엄마를 간병하던 기억이 떠올랐다. 정말 다시는 하고 싶지 않은 경험이었다. 사람 마음이 참 간사하여 나는 또 한 번 망설였다. 오빠가 일주일만 더 두고 보자고 했잖아. 나도 그에 동의하면 어떨까? 오빠도 곧 출장에서 돌아올 테고, 나 혼자 간병을 도맡지 않아도 되니까.

그리고 엄마가 그동안 기적적으로 좋아질지도 모르니까.

원장에게 생각해 보겠다고 말하고 엄마 방으로 돌아왔다. 엄마는 숨을 몰아쉬며 잠에 빠져들어 있었다. 어쩌면 의식이 들어왔다 나갔다 하는지도. 나는 남편 옆에 앉아 엄마를 바라보았다. 엄마는 일주일은커녕 이틀도 못 버틸지 몰랐다. 엄마의 목숨은 이제 내 손에 달려 있다. 엄마를 요양병원에 옮겼을 때처럼, C병원 응급실로 옮겼을 때처럼, 그리고 S대학병원 응급실로 옮겼을 때처럼. 이제 결단을 내려야 했다. 나는, 다시 한번 용기를 내기로 했다.

"남편, 나 엄마를 병원으로 옮겨야겠어."

"잘 생각했어."

원장에게 엄마를 병원으로 옮기겠다고 말했다. 그때부터 일사천리였다. 요양보호사와 원장이 엄마의 짐을 챙기고 가는 길에 마실 물과 간단한 과일을 싸 줬다. 혹시 가는 길에 설사할까 봐 기저귀를 두 개나 채웠다. 엄마를 침대에서 일으키자 엄마가 눈을 번쩍 뜨고 말했다.

"나 이제 집에 가?"

"으응… 일단 병원에 갔다가."

"그래 가자. 여기 짐 다 두고 일단 나가자. 얼른 가자. 얼른."

정신이 들어왔다 나갔다 하는 와중에도 엄마는 이곳에서 나간다는 사실에 작게 흥분했다. 엄마를 휠체어에 태우고 어두운 거실로 나왔다. 아무도 없던 거실에 누군가 나와 있었다. 휠체어를 탄, 엄마의 요양원 남자 친구였다. 그는 켜져 있지도 않은 TV 쪽을 보고 있었다. 어두운데 거실에서 뭘 하는 걸까? 물이라도 마시러 나오셨나? 출입문으로 가려면 동선상 그의 앞을 지나갈 수밖에 없었다. 휠체어를 조심조심 밀고 앞을 지나가는 순간, 그가 오른손을 번쩍 들었다.

"안녕! 안녕!"

깜짝 놀라서 보니 그가 엄마에게 손을 뻗어서 인사하고 있었다. 말을 아예 못 하는 건 아니구나.

"엄마, 남자 친구가 인사하네."

엄마가 눈을 뜨고 그를 바라보더니 어색하게 웃어 보였다. 그러고선 그의 손에 힘없이, 그러나 두 번 분명하게 하이 파이브 해 주었다. 엄마가 하도 말을 많이 걸어서 피해 다녔다더니 그래도 정이 들었나 보다. 가슴이 찡해져 왔다. 이제 다시 엄마를 살리러 떠날 시간이었다.

마지막을
준비해야 할 때

응급실에 도착했다. 혹시 또 거부당할까 봐 조마조마했다. 이 병원에서 수술을 세 번이나 하고, 항암 치료도 매번 했는데 응급실에서 안 받아줄지를 걱정해야 한다니. 역시 갑 중의 갑은 대학병원이다. 응급실 앞 간호사에게 애원하듯 말했다.

"엄마가 항암 치료 하고 며칠째 심각하게 설사를 하세요. 정신도 거의 못 차리시고요. 많이 안 좋은 거 같은데 받아 주실 수 있나요? 제발요."

간호사가 어깨 너머로 엄마를 보더니 말했다.

"설사를 며칠째 하셨어요? 애고, 좀 더 일찍 오시지. 저렇게 힘들 때까지 버티셨어요?"

"네, 혹시 안 받아 주실까 봐…"

"항암 치료 중에는 이상 있으면 바로 오셔야죠. 다음부터는 일찍 오세요."

간호사의 친절한 태도에 눈물이 날 것 같았다. 남편은 음식을 잔뜩 사다 주고 아기를 보러 떠났다. 그가 없었다면 엄마를 다시 병원으로 옮길 용기를 못 냈겠지. 말할 수 없이 고마웠다. 엄마는 바로 응급실 침상을 배정받았다. 휠체어에서 침대로 옮긴 후 엄마는 죽은 듯이 잠들었다. 수액 바늘과 소변줄을 꽂을 때 움찔하며 작은 비명을 질렀을 뿐 이후에는 입도 뻥긋 안 했다. 그렇게 쉴 새 없이 말을 쏟아내던 엄마는 이제 긴 침묵을 지키고 있었다.

지난번 응급실에 왔을 때 얇고 불편한 원피스를 입은 탓에 몸살감기에 걸려 몇 주를 앓았다. 이번엔 만반의 준비를 하고 왔다. 통 넓은 바지에 티셔츠, 거의 다 해져 아무렇게나 구겨 신기 좋은 운동화를 신었다. 추울까 봐 두꺼운 카디건도 들고 왔다. 엄마가 깊이 잠든 틈을 타 매점에 내려가 특대형 기저귀 두 팩과 물티슈 세 팩을 사 왔다. 응급실 간병 세 번째면 이 정도 요령은 생긴다.

간호사들이 갖가지 검사를 진행하는 동안 주삿바늘을 통해 수액, 진통제, 승압제가 투여되고 있었다. 그러나 상태는 금방 좋아지지 않았다. 승압제를 아무리 투여해도 혈압이 잘 오르지 않았다. 엄마는 자는 중에도 계속 설사를 해서 기저귀를 여러 번 갈아야 했다. 변은 새까맣고 덩어리가 없는 액체 상태였다. 냄새도 나지 않았다. 엄마는 불러도 깨지 않았다. 입을 벌리고 숨을 가쁘게 몰아쉴 뿐이었다. 얼굴은 요양원에서보다 한층 더 검게 변해 있었다.

문득 이런 모습을 예전에 봤던 기억이 났다. 고등학교 2학년 때 외할아버지가 돌아가셨다. 당시 대장암과 당뇨로 투병하시던 할아버지의 임종 직전, 아홉이나 되는 자식들이 모여 할아버지의 곁을 지켰다. 나는 병실 밖에서 기다리고 있다가 엄마가 불러서 들어갔다. 병실에서 본 할아버지의 모습은 충격적이었다. 할아버지는 깡마른 얼굴에 초점 없는 눈을 하고, 입을 벌린 채로 가슴을 크게 들썩이며 숨을 몰아쉬고 있었다. 꺼허허헉, 꺼허허헉. 할아버지의 마른 가슴은 마지막 숨을 놓칠세라 필사적으로 공기를 들이마시고 있었다. 이모들이 할아버지의 얼굴을 쓰다듬고 손을 잡고 따뜻한 말을 건넸지만, 할아버지에겐 들리지 않는 듯했다. 오직 숨만 몰아쉴 뿐.

난 무서워져서 금방 병실을 나왔다. 그때까지 나는 죽어 가는 사람을 드라마에서밖에 보지 못했다. 드라마에서 죽어 가는 사람은 "얘들아 잘 살아라. 그동안 고마웠다.

행복해라…" 하고 고개를 옆으로 떨구며 얌전히 숨을 거뒀다. 그러면 자식들이 숨을 거둔 사람을 껴안고 엉엉 울면서 화면이 페이드아웃 되었다. 하지만 우리 할아버지는 삶의 마지막을 쉬이 놓지 못하고 끝까지 숨만 들이마시고 있었다. 자식들에게 다정한 말 한마디 못 남기고.

엄마의 상황은 더더욱 우당탕탕 엉망진창에 가까웠다. 암이 계속 재발하고, 거동이 힘들어지고, 머리를 열어 암덩어리를 빼내고, 방사선으로 뇌와 폐에 있는 암세포를 죽이고, 기억을 잃고, 미친 사람처럼 행동하고, 자식들이 여러 번 밤에 뛰어가고, 의식을 잃고 응급실에 실려 와 주삿바늘로 온몸을 찔리며 서서히 죽음으로 가고 있었다. 엄마가 유난히 힘든 과정을 겪는 걸까? 아니면 내가 처음 겪어서 그렇지, 현실에서 죽음은 원래 이렇게 오는 걸까?

만 하루가 지나도 엄마의 상태는 나아지지 않았다. 아니, 오히려 더 나빠졌다. 24시간 동안 엄마가 깨어 있는 시간을 합하면 단 10분도 안 됐다. 암 카페에서 찾아본 바에 따르면 엄마의 증상은 임종 증상과 흡사했다. 연하 능력 쇠약, 대변 실금, 저혈압, 밤낮이 바뀌며 섬망 발생. 며칠 전 엄마가 뜬금없이 미국에 있다고 한 것과 용변 보는 법을 잊은 게 생각났다. 39에 70밖에 안 되던 혈압도. 엄마의 마지막이 이곳 S대학병원이 될지도 모른다는 예감이 들었다.

　나는 엄마의 죽음을 현실적으로 준비해야 했다. 주저앉아 울고 싶었지만 운다고 달라지는 건 없다. 정신 똑바로 차리고 해야 할 일을 해야 했다. 암 카페에서 요양병원 정보를 찾던 나는 이제 특수임종병원(호스피스) 글들을 정독했다. 호스피스는 말기 암 환자들의 웰다잉을 위한 좋은 시설인 것 같았다. 말기 암 환자의 암성 통증은 상상을 초월한다고 한다. 강력한 마약성 진통제로도 잡히지 않는 통증을 겪으면 차라리 죽는 게 낫다고 생각할 정도라 시설에서는 이런 환자들에게 편안한 환경을 제공하고 통증을 적절히 관리해 삶을 잘 정리하도록 돕는다. 아직 우리나라에 많지 않아서 평이 좋은 곳은 대기가 몇 개월에 달할 만큼 길었다. 따라서 병원에서 한창 치료를 받는 중에도 혹시 몰라 대기를 걸어 두는 사람도 있다.

　머물 수 있는 기간은 정해져 있다. 아무리 길어도 이삼 개월을 넘기지는 못한다. 그래서 사망하지 않더라도 정해진 기간이 넘으면 퇴소해야 한다. 이 때문에 생긴 웃픈 사연도 있었다. 임종이 임박한 아버지가 입소했는데 상태가 조금씩 좋아졌다 나빠지기를 반복하며 몇 주를 버텼다. 자식은 모든 휴가를 몰아 써서 아버지와 함께 지내며 실컷 울고, 이야기도 나누고, 마음의 정리도 했다. 그런데 아버지가 돌아가시지 않는 거다. 이제 휴가를 모두 소진해 회사로 돌아가야 하는데 설상가상으로 퇴소일이 다가오고 있다. 아버지가 기적적으로 회복되었다면 일반 병원으로 옮기겠지만 여전히 목숨만 가늘게 이어 가는 상태다. 아버지가 돌아가시길 원하는 것은 절대 아니지만, 자식은 내심 '아버지가 대체 언제 돌아가시나' 생각할 수밖에 없다. 이 또한 죽음과 관련된 숭고하지 않은 현실적 이야기다. 아름다운 죽음은 없다. 그냥 죽음 자체만이 있을 뿐. 죽음도 삶과 똑같이 현실이다.

나는 엄마에게 죽음을 준비해 줘야 한다고 생각했다. 엄마가 여덟 명이나 되는 형제들의 마지막 얼굴도 못 보고 떠나선 안 된다. 요양원에서 면회를 못 오게 해서 엄마 얼굴을 못 본 이모들도 있었다. 엄마가 이렇게 가 버리면 이들이 얼마나 비통해할까. 엄마를 보여 주는 건 엄마뿐 아니라 이모들을 위해서이기도 했다.

그러나 이 계획이 쉽지는 않았다. 코로나 방역 규칙이 여전히 엄격했기 때문이다. 일단 면회는 절대 금지였고, 환자가 병원 로비로 나갈 수 있지 않은 이상 방문객이 환자를 볼 수 있는 방법은 없었다. 상주 보호자로 지정되어야 환자 얼굴이라도 한번 볼 수 있는데, 그러려면 최대 72시간 전에 받은 PCR 검사 음성 결과지를 지참해야 했다. 그리고 상주 보호자를 바꿀 때마다 기존 보호자가 온 날로부터 최소 하루가 지난 다음 날 PCR 음성 결과지를 지참해야 재교대가 가능했다.

이렇게 복잡한 상황에서 방법은 하나였다. 이모들이 돌아가면서 상주 보호자로 등록해서 교대하며 하루씩 엄마를 보는 것이다. 관건은 이들의 방문 시간을 톱니바퀴처럼 맞물리게 할 수 있느냐였다. 제일 먼저 세탁소를 운영하는 미주 이모에게 전화했다.

"미주 이모, 엄마… 아무래도 얼마 안 남은 거 같아. 이제 마지막인 것 같아. 지금 코로나 방침 때문에 얼굴이라도 보려면 상주 보호자로 등록하고 들어와야 하거든? 코로나 검사는 전날 받아야 하고."

"그래 유미야, 이모가 갈게. 언제 가면 돼?"

"내일 아무 때나 와서 있다가 다른 이모가 오면 교대해주면 돼. 언제부터 언제까지 있을 수 있어?"

"지금 일하시는 분이 손을 다쳐서 못 나오고 있거든. 보자… 내가 밤 여덟 시에 가서 아침 여섯 시까지 있을 수 있어."

"응 알겠어. 다른 이모들에게 전화해서 순서를 짜 볼게."

엄마가 곧 돌아가실 것 같다고 하면 앞다퉈 올 거라 믿었건만 이모들은 갖가지 사정으로 오지 못했다. 만약 코로나 검사도 필요 없고 아무 때나 와서 원하는 시간만큼 면회할 수 있었다면 다들 당연히 왔을 것이다. 하지만 생업 때문에 톱니바퀴 맞물리듯 서로 시간을 맞추는 것이 불가능에 가까웠다. 게다가 한 이모는 엄마가 아픈 이후 충격으로 심한 우울증에 걸려 밖에도 나오지 못할 만큼 위중한 상태였다.

'엄마의 마지막일 수도 있는데 어떻게든 하루는 오지 않을까?' 하고 기대했던 이모들은 결국 한 분을 제외하고는 병원에 오지 못했다. 잘못된 건 융통성 없는 병원의 코로나 방역 지침이지 사느라 바쁜 이모들이 아니다. 오빠와 내가 엄마를 요양원에 모실 수밖에 없었던 것처럼 모두 어쩔 수 없는 상황이 있는 법이니까.

하지만 역시나 좀 속상했다. 자매들끼리 그렇게 돈독하고 살갑게 지냈는데, 엄마의 마지막이 이렇게 외롭고 초라할 일인가? 괜스레 눈물이 나와서 코를 크게 훌쩍였다.

"너 왜 울어."

엄마가 눈을 번쩍 뜨고 나를 바라보며 말했다.

"엄마? 괜찮아? 나 하품해서 콧물 나와서 그래. 이제 정신이 들어?"

"아휴… 나는 괜찮은데 너가 힘들어서 어쩌니…"

엄마는 이 말을 마지막으로 다시 깊은 잠에 빠져들었다. 사경을 헤매면서도 자식 훌쩍이는 소리는 기가 막히게 들는 우리 엄마. 죽을 때까지 자식 걱정하는 우리 엄마.

　엄마… 너무 미안해. 내가 정말 잘못했어. 화장실로 들어가 엉엉 울었다.

MZ는 베이비부머를
부양할 수 있을까

"많이 좋아지셨네요."

의사가 말했다.

"그런데 왜 정신을 못 차리실까요? 미음을 떠서 입에 넣으면 삼키기도 전에 다시 잠드세요. 목으로 넘기지도 못하고요."

"워낙 안 좋으셨어서 그렇죠. 수치들이 정상 수준으로 돌아오고 있으니 좀 기다려 보세요."

응급실에서 일반 병실로 옮긴 지 3일째. 엄마의 상태가 좋아지기 시작했다. 검은 설사는 여전했지만 잠에서 깨어 있는 시간이 조금씩 늘고 있었다. 처음엔 1분, 그다음엔

5분, 그다음에는 20분…. 목소리는 아직 나오지 않았지만 눈의 초점이 조금씩 돌아오고 있었다.

　엄마가 계속 죽은 듯이 자는 바람에 나는 간이침대에서 오랜만에 잠을 푹 잤다. 엄마는 지금까지 중 가장 상태가 안 좋았지만, 반대로 나는 가장 편한 병원 생활이었다.

　밤 열한 시가 넘은 시각, 누워서 핸드폰을 하고 있었다.

　"유미야…"

　"엄마? 괜찮아?"

　드디어 엄마가 바람 빠지는 소리가 아닌 진짜 목소리를 냈다. 아주 작지만 분명하게 말했다. 나는 뛸 듯이 기뻤다. 엄마가 살아난 것이다. 엄마는 일어나자마자 답답하다며 나가자고 했다. 밤이 늦었으니 날이 밝으면 휠체어 태워 돌아다니겠다고 설득했고, 엄마는 다시 잠들었다. 잘됐다. 정말 잘됐어. 하여튼 우리 엄마는 보통 사람이 아니라니까. 나는 들뜬 상태로 누워서 잠을 청했다.

　"…미야. 유… 미야."

　엄마 목소리였다. 눈을 번쩍 떴다.

　"어? 엄마? 왜? 어디 안 좋아?"

　"나 답답해. 나가고 싶어."

　새벽 네 시였다.

　"엄마… 지금 다들 주무셔서 소리 내면 안 되고, 나가도 갈 곳이 없어. 조금만 더 자. 응?"

"나가고 싶어. 답답해서 미치겠어. 옥상으로 가자."

"에휴… 알았어."

죽다 살아났는데 뭔들 못 해 주겠어. 복도에서 휠체어를 끌고 들어왔다. 침대 옆 거치대에서 소변 주머니와 수액병을 꺼내 휠체어 받침대에 걸고 엄마를 부축해서 앉혔다. 엄마가 몸에 힘을 줄 수 없어서인지, 이젠 28킬로밖에 안 나가는데도 너무 무거웠다. 소변줄과 수액줄을 잘 정리해서 한쪽에 걸었다.

휠체어를 끌고 옥상으로 올라갔다. 시내가 한눈에 보이는 멋진 야경이었다. 예전에 우리가 살던 동네도 멀리 보였다. 엄마는 말이 없었다. 기운이 없어 어깨가 축 처져 있었다.

"나 추워. 들어갈래."

"그래, 엄마. 들어가자."

휠체어를 끌고 병동으로 내려갔다. 소변 주머니와 수액병을 빼서 침대 옆 거치대에 걸고 엄마를 조심조심 침대로 옮겼다. 엄마는 지친 듯 눈을 감았다. 끊임없이 추워하는 엄마를 위해 담요를 얻어 와 덮어 줬다. 엄마가 편히 자고 빨리 회복하기를. 그래서 원하는 대로 얼른 병원에서 나가기를. 30초 후, 엄마가 말했다.

"유미야 나 더워."

"응 엄마. 담요 걷어 줄게."

담요를 걷어서 발치에 놓아 주었다. 30초 후, 엄마가 말했다.

"유미야 나 추워."

"응 엄마. 담요 다시 덮어 줄게."

발밑으로 밀어 놨던 담요를 다시 덮어 주었다. 엄마는 불편한지 살짝 인상을 쓰고 다시 눈을 감았다. 1분 후, 엄마가 말했다.

"유미야 나 답답해. 밖에 나가고 싶어."

"엄마, 5분 전에 나갔다 왔잖아. 또 나가고 싶어?"

"응 나갈래. 답답해서 견딜 수가 없어."

"그래 나가자."

나는 복도로 나가서 휠체어를 끌고 들어와 엄마를 조심조심 부축해서 휠체어에 앉혔다. 소변 주머니 옮기는 걸 잊어 하마터면 소변줄이 뽑힐 뻔했다.

"엄마, 헉헉. 다 됐어. 이제 나가자."

다시 휠체어를 끌고 옥상으로 나갔다. 나는 앉을 자리가 없어 엄마 옆에 서 있었다. 엄마는 아까처럼 또 멍하니 먼 곳만 바라봤다.

"나 언제 퇴원해?"

"다 나아야 퇴원하지. 아직 설사하잖아. 밥도 잘 못 먹고."

'퇴원해 봐야 또 요양원에 갈 텐데'라고 말하지는 않았다. 엄마는 다시 말이 없었다. 5분 후, 엄마가 말했다.

"나 힘들어. 들어갈래."

"그래, 들어가자."

휠체어를 끌고 다시 병동으로 내려갔다. 엄마를 휠체어에서 일으켜 침대에 눕히고 소변 주머니와 수액병을 거치대에 걸었다. 다시 휠체어를 복도에 내놨다. 아직 아침 여섯 시도 안 됐는데 벌써 녹초가 된 느낌이었다.

"유미야, 나 추워."

나는 담요를 꼼꼼히 덮어 주었다.

"엄마 이제 좀 자. 푹 자야 금방 회복해서 퇴원하지."

엄마가 눈을 감더니 약하게 코를 골기 시작했다. 드디어 잔다. 나는 간이침대에 누워 핸드폰을 보았다. 조금 쉬어야지. 3분 후, 엄마가 말했다.

"유미야, 나 답답해. 나갈래."

짜증이 확 났지만 최대한 억누르고 말했다.

"엄마… 방금 전에 나갔다 왔잖아. 힘들다고 해서 들어왔고. 그냥 자는 게 낫지 않을까?"

"나 방금 푹 잤어. 답답해서 죽을 것 같은데 어떡해. 나 갈래."

나는 다시 복도에서 휠체어를 끌고 들어왔다. 엄마를 앉히고 소변 주머니와 수액병을 휠체어에 걸고 조심조심 움직여 엄마와 옥상에 갔다. 10분 후 엄마가 힘들다고 말했고, 나는 휠체어를 밀고 병동으로 내려와 엄마를 침대에 옮기고 소변 주머니와 수액병을 들어 거치대에 걸고 휠체어를 복도에 내놓았다.

그 후로 다섯 시간 동안 열 번을 더 엄마를 끌고 옥상에 왔다 갔다 했고, 백 번이 넘게 담요를 덮었다 내렸다 했다. 엄마가 열한 번째 나가자고 했을 때, 나는 폭발하고 말았다.

"엄마! 나가면 들어오자고 하고, 들어오면 나가자고 하고, 담요 덮으면 덥다고 하고, 치우면 춥다고 하고 어쩌라는 거야! 진짜 왜 그래! 나도 힘들어! 잠 좀 자, 잠을!"

"잠이 안 오는 걸 어떡해. 답답해서 죽을 지경이란 말야. 나가고 싶어."

"아 몰라. 엄마 혼자 나갔다 오든지 말든지 맘대로 해!"

엄마에게 짜증을 내고 병실을 나갔다. 그리고 바로 후회했다. 왜 엄마에게 짜증을 냈지? 난 왜 이렇게 이해심이 부족할까? 그게 뭐라고 못 해 줘. 엄마를 살려 주면 뭐든 다 하겠다고 기도했잖아. 사경을 헤매면서도 내가 훌쩍이는 소리를 듣고 눈을 번쩍 뜬 엄마잖아. 앞으로 엄마가 하자는 건 다 해 주자. 막노동 왔다고 생각하고.

결심이 무색하게도, 엄마가 퇴원하기까지 3일 동안 인내

심의 한계가 자주 찾아왔다. 가장 미칠 것 같던 순간은 금식해야 하는데 음식을 달라고 고집 피웠을 때다. 대변 검사 때문에 이틀간 금식하라고 했는데 엄마는 밥을 달라고 끊임없이 졸랐다. 안 된다고 좋게 설명하고, 간호사가 달래고, 병실 사람들이 입을 모아 조금만 참으라고 설득했는데도 어림없었다. 나중에는 5분에 한 번씩 화를 내고 협박하다가 본인이 직접 매점에 가서 빵이랑 커피를 사 먹겠다고 침대에서 내려오다 크게 넘어질 뻔했다. 나는 또 소리를 빽 질러 버렸다. 그리고 곧 후회했다. 몸과 마음이 너덜너덜했다. 엄마가 살아나서 너무 좋았지만 그와 별개로 괴로웠다. 어딘가 익숙한 괴로움이었다. 다시 겪고 싶지 않았던.

엄마는 입원한 지 열흘 만에 수치가 정상으로 돌아와 퇴원을 앞두고 있었다. 엄마는 퇴원 후 집으로 가기를 간절히 바랐지만, 퇴원 후 엄마를 기다리고 있는 건 요양원이었다.

"원장님, 엄마가 많이 좋아지셨어요. 곧 퇴원하실 거 같은데… 요양원에 다시 모셔다드리려고요. 그래도 되나요?"

"다행이에요. 우리가 기도 많이 했어. 아휴 정말 다행이야…. 엄마도 고생이지만 딸도 너무 고생 많았지. 엄마는 우리가 돌볼 테니까 모셔다 줘요."

전화를 끊고 한참을 그대로 서 있었다. 병원 지옥에서 벗어나자마자 요양원 지옥 시작이다. 간신히 살아났는데 다

시 그 지옥으로 돌아가라고 하면 엄마는 얼마나 기가 막힐
까. 하지만 방법이 없었다. 오빠와 내 사정은 변함없었으니
까. 게다가 나는 이번 병원 간병을 계기로 엄마를 돌볼 자
신이 더 없어졌다. 엄마가 살아나서 감사한 것과 별개로 내
그릇이 간장 종지만 하다는 것을 인정해야 했다. 안쓰럽다
가, 화가 났다가, 반성했다가, 폭발하는 일의 연속이었다.
몸뿐 아니라 정신까지 아픈 엄마를 돌보는 것은 내 한계 밖
의 일이었다.

　물론 부모 부양의 의무마저 저버린 것은 아니었다. 직접
옆에서 돌보지 않을 뿐, 나는 엄마가 삶을 이어 가는 데 필
요한 일들을 하고 있었다. 엄마와 병원 동행, 공과금 납부,
집 유지 보수, 요양원 생활 체크, 외출과 면회 등 계속해서
챙길 일이 많았다. 엄마는 아닐지 몰라도, 내 입장에선 이
방법이 최선이었다. 매일같이 죄책감에 괴롭지만 내 그릇
과 한계치를 알고 할 수 있는 만큼 해야 나중에 뒤탈이 없을
테니까. 죄책감에 압도되거나 남의 시선을 의식해 행동하
면 나중에 원망만 많아지고 내 삶이 엉망이 될 것 같았다.

　누군가는 내게 이기적이라고, 부모의 은혜도 저버린 불
효막심한 딸년이라고 비난할 것이다. 너도 나중에 네 자식
한테 똑같이 당해 보라고 해도 할 말 없다. 부모님이 삶을
충실히 산 것처럼 나도 내 삶을 살아야 했다. 하는 데까지

는 하지만 큰 부분을 희생해야 하는 상황에서 나를 위한 선택을 할 수밖에 없었다.

자식으로서는 가슴이 미어지지만 사실 엄마가 유독 불행한 케이스는 아니었다. 80퍼센트에 달하는 사람들이 병원 및 기타 요양 시설에서 생을 마감한다. 자식의 돌봄을 받다가 집에서 세상을 뜨는 경우가 별로 없다는 뜻이다. 우리 엄마가 조금 일찍 시작하긴 했지만 현재 6, 70대에 들어선 베이비붐 세대들은 앞으로 짧으면 10년, 길어봐야 20년 후 엄마와 비슷한 상황에 처할 것이다. 내가 속한 MZ 세대 자식들은 그때 가서 지금 나와 같은 고민을 하겠지.

한국 경제 성장의 주역 베이비붐 세대가 말년에 병원과 요양병원, 요양원을 뱅글뱅글 돌다가 죽음을 맞이하는 현실이 서글프다. 많은 이들이 화려한 전성기를 누린 과거가 무색하게 여느 시설의 작은 침대에 누워 삶을 마감할 것이다. 하지만 어쩌면 늙고 병드는 자체가 초라한 게 아닐까. 비통하지만 한 존재가 스러져 가면서 겪을 수밖에 없는 자연스러운 과정일지도 모른다.

늙고 병들면 누군가의 도움이 필요할 수밖에 없다. 이에 대비해 구체적으로 계획을 세워 두면 훨씬 낫지 않을까? 예를 들어 내가 생활하는 데 약간의 도움이 필요하게 되면 요양보호사를 하루에 세 시간 부른다, 일상생활에 많은 도

움이 필요해지면 어디어디에 있는 무슨 요양원에 들어간
다, 비용은 통장에 있는 돈 얼마를 써서 몇 년을 생활하고,
다 쓰면 집을 팔아서 충당한다, 하는 식으로.

　나는 노후 생활을 자식에게 기대고 싶지 않다. 이는 경제
적, 생활적인 의존을 모두 포함한다. 나는 삶을 충분히 누
리고 살았는데 자식은 나를 건사하느라 자기 삶을 누리지
못한다면 불공평하니까. 그렇다고 내가 늙고 병들고 죽어
가는 자연스러운 과정에서 내 자식이 나를 충분히 돌보지
못했다며 죄책감을 느끼게 하고 싶지도 않다. 물론 지금은
죽음이 멀리 있다고 느껴서 그렇지, 막상 때가 되면 흐지부
지될지도 모른다. 하지만 노후와 죽음에 대한 구체적인 준
비를 생각보다 일찍 해야 한다는 걸 늘 염두에 둬야지. 어
느 날 갑자기 정신을 놓기 전에.

　어느덧 엄마의 퇴원 날이 다가왔다. 나는 엄마에게 요양
원에 두 달만 더 있으라고 말했다. 두 달 후에는 반드시 데
리고 나오겠다고 말했다. 진심이었다. 엄마가 요양원에서
지내며 몸을 회복하는 동안 나는 엄마의 요양 등급을 신청
하고, 우리 집이나 오빠 집 근처에 집을 얻어 엄마를 이사
시킨 후, 방문 요양 서비스를 이용할 생각이었다. 그러려면
시간이 필요했다. 엄마는 생각보다 순순히 요양원으로 가

겠다고 말했다.

　"그래 유미야, 참아 볼게. 거기가… 밥은 정말 맛있어."

　매일 맛있는 음식을 해 주는 것, 내가 할 수 없는 일이다. 엄마가 그곳에서 돌봄을 잘 받고 잘 먹고 잘 자며 기운 차리길, 그렇게 두 달 후 조금은 자유롭게 살게 되길.

　이제 다시 일상으로 돌아갈 시간이었다.

그날 밤,
그녀의 사정

엄마가 있는 시설은 '노인 요양 공동생활 가정'이었다. 치매나 노인성 질환이 있는 사람들이 생활하는 것은 일반 노인 요양원과 같지만, 최대 인원이 9인으로 제한되어 있고 일반 가정집에서 생활한다는 점이 달랐다. 내가 그나마 맘 편히 엄마를 이곳에 보낸 이유도 병원이라면 치를 떠는 엄마가 가정집에는 적응하리라 기대했기 때문이다. 개인실을 쓰고 공동 거실에서 함께 생활하며 매일 프로그램에 참여하면 외롭지 않으면서도 대형 요양원보다 자유롭게 지낼 수 있을 것 같았다.

돌 지난 우리 아기는 어린이집에 다니고 있다. 어린이집에서는 매일 아기의 생활 사진을 올려 준다. 아기가 오늘 어떤 활동을 했는지, 어떤 친구가 생일을 맞아 파티를 했는지, 산책을 다니며 어떤 표정을 짓는지 보는 재미가 쏠쏠하다. 사진 속에서 활짝 웃고 있는 아기를 보면 '잘 지내고 있구나' 안심하게 된다. 두 돌도 안 된 아기를 시설에 맡겼다는 미안함도 덜해진다.

요양원도 마찬가지였다. 엄마가 생활하는 모습을 사진으로 받아 보면 조금은 안심이 되었다. 생일날 거하게 차린 상을 받은 엄마가 고깔모자를 쓰고 웃는 모습, 옆에서 박수를 쳐 주는 할머니들, 고스톱을 치는 엄마, 체조하는 엄마, 정원에서 꽃을 만지는 엄마…. 이런 사진들을 보면 마음이 조금이나마 편해졌다.

그러나 알고 있다. 어린이집과 요양원 모두 좋은 순간만을 골라 보호자에게 보여 준다는 것을. 사진 속 엄마는 웃고 있었지만 여전히 답답해 미치겠다며, 죽을 것 같다며 나가고 싶어 했다. 엄마는 병원에서도 똑같이 말했다. 답답해 미치겠다, 죽을 것 같다. 아픈 엄마는 어디에 있어야 만족할까. 돌봐 줄 사람이 아무도 없는 엄마 집? 머리가 지끈거렸다.

"누가 나를 계속 감시해. 어제는 내 핸드폰 전화번호부를 하나하나 찾아보면서 이 사람 누구냐고 물어봤어."

"엄마, 착각이야. 요양원에서 누가 엄마만 전담 마크 하면서 감시하겠어. 가뜩이나 일손도 부족한데. 핸드폰 전화번호부 뒤진 건 왜 그랬는지 내가 한번 물어볼게."

"됐어. 있잖아, 어제도 누구 한 명 잡혀 왔어. 밤에 안 자고 거실에서 난리 치다가 갑자기 조용해진 거 보면 기절시켜서 어디 가둔 것 같아."

한숨이 나왔다. 치매 증상에 망상과 의심이 있기에, 엄마가 이런 말을 하면 나는 굉장히 예민해졌다. 여전히 엄마가 치매인지 아닌지 확신이 서지 않았다. 차라리 엄마가 완전히 치매라고 결론 내리면 마음을 아예 접을 텐데 마음 한구석엔 어쩜 치매가 아닐지도 모른다는 작은 희망이 있었다. 어느 순간 예전의 엄마로 돌아올 수도 있다는 실낱같은 기대를 품고 나는 원장에게 전화해 물어보기로 했다.

"안녕하세요, 원장님. 오미실 어르신 딸입니다."

"아휴 전화 잘했어요. 진짜 내가 못 살겠어."

"네? 왜요?"

가슴이 철렁했다.

"엄마 어젯밤에 벽에 똥칠한 거 알아요?"

"네? 저희 엄마가 벽에 똥칠을요?"

"엄마가 아직 설사가 안 멈춰서 기저귀 하고 있거든? 근데 설사를 하셨나 봐. 말하면 우리가 알아서 깨끗하게 엉덩이 닦아 주고 기저귀를 갈아 줘요. 그런데 자기가 직접 갈아입겠다고 기저귀를 벗다가 손에 다 묻었나 봐. 거기서 멈추면 되는데 여기저기 짚고 다녀서 온 방이 다 똥이야. 우리 그거 청소하느라 얼마나 고생한 줄 알아요? 이불에도 묻혀서 세탁하느라 선생님들이 잠을 못 잤어.”

“아 엄마가 왜 그러시지… 죄송합니다. 엄마가 아마 누가 기저귀 갈아 주는 게 창피해서 그랬을 거예요. 창피함을 느끼는 걸 보면 정신이 조금씩 돌아오는 것 같기도 해요.”

“따님은 아직도 모르네. 내가 말했잖아. 엄마는 이미 돌아올 수 없는 강을 건넜다고. 치매라니까. 치, 매. 예전 엄마는 이제 세상에 없어. 창피한 걸 아는 사람이 저 지경을 만들어 놔? 벽에 똥칠하는 치매 노인 얘기 들어 봤잖아. 아무튼, 엄마는 우리가 잘 돌보고 있으니 걱정 말고 아기나 잘 키워요.”

원장은 냉정했다. 엄마는 치매다, 예전 엄마는 세상에 없다, 이미 끝났다. 매번 듣는 말이지만 그때마다 찌릿하게 가슴을 찔렀다.

가만 보면 원장의 말투가 예전보다 더 퉁명스러워진 것 같았다. 엄마를 보러 가거나 외출시키려고 전화하면 나도 모르게 눈치가 보이고 기가 죽어서 말을 더듬게 됐다. 요양원에 계약서 쓰러 갔을 때는 내 맘을 이해해 주고 엄마를 잘 보살피겠다 약속했으면서, 이젠 골칫덩이 치매 노인 취급을 하고 있었다. 속이 부글부글 끓었지만 참을 수밖에 없었다. 이 상황에선 달리 방법이 없는 내가 을이다. 요양원은 처음엔 을처럼 다가와 이젠 갑처럼 굴고 있었다.

물론 요양원 사람들에게는 고마운 마음이 많았다. 도움이 절실할 때 자격도 안 되는 엄마를 받아 주고, 24시간 안 자고 끝없이 말하는 엄마를 보살피고, 엄마를 부축해서 화장실에 다니고, 입맛 없는 엄마를 위해 특별히 전복죽과 비빔국수를 해 주고, 밥을 억지로 떠먹여서 기운 차리게 해 주었다. 엄마가 이만큼이라도 나아진 건 요양원 덕이 컸다. 자식도 못 하는 일을 기꺼이 해 주는 고마운 분들이기에 조금 마음 상하는 일이 있어도 좋게 좋게 넘어가고 싶었다.

하지만 이곳의 원장은 성격이 좀 강했다. 좋게 말하면 카리스마 있는 여장부고, 나쁘게 말하면 기분파 독재자 같았다. 조금이라도 감정이 상하면 신경질 내며 '우리도 이제 한계니까 퇴소하든지 알아서 하라'고 으름장을 놓았지만, 면회 때 어르신들 드실 간식을 챙겨 가면 연신 고마워하고 우리 아기를 너무나 예뻐해 줬다. 이렇듯 기분에 따라 태도가 달라지는 사람이기에 직원들은 물론이고 할머니들까지 늘 원장의 심기를 살피며 움직이는 것 같았다.

이런 사람은 우리 엄마랑 완전 상극이다. 엄마는 내성적이고 얌전한 소녀 같지만, 고집 세고 반항기 있는 진보주의자이기도 해서 평소 이런 사람을 극혐했다. 분명 두 사람은 보이지 않는 기싸움을 하고 있었을 테다. 휴… 두 달만 버티면 되는데 왜 이리 쉽지 않은지.

이런저런 일에도 불구하고 엄마는 정신이 아주 조금씩 돌아오는 것 같았다. 이제 핸드폰을 어느 정도 작동할 수 있게 되었고, 카톡 쓸 때 맞춤법도 제법 맞게 썼다. 이대로 쭉 좋아지면 좋으련만. 밤 아홉 시가 넘은 시간, 엄마에게 아기 사진을 보냈다. 긴긴 요양원의 밤에 조금이라도 위안이 되길 바라며. 엄마에게 전화가 왔다.

"유미야, 아침 일찍부터 왜 카톡했어?"

"아, 엄마. 지금 밤이야."

"아 밤이구나. 자다 깨서 아침인 줄 알았어."

"엄마 오늘 어떻게 지냈어?"

"별로지 뭐. 근데 유미야… 나 내보내 줘. 사람들이 변한 거 같아. 원장도 예전이랑 달라. 나한테 엄청 강압적이야. 나를 막 누르려는 거 같아."

보지 않아도 눈앞에 그려지는 것 같았다. 억압적인 거 질색하고 자아가 강한 엄마는 하라는 대로 고분고분 따르지 않고, 원장은 그런 엄마를 길들이려 작정하고 나서는 장면이.

"그런 거 신경 쓰지 말고 몸 회복하는 데만 신경 써. 걸

기 운동도 하고. 돈 주고 서비스 이용하는 거니까 주눅 들
필요 없어.”

그때, 누가 옆에서 소리를 질렀다.

“뭐야, 왜 이 밤중에 방에 불을 켜고 있어! 내가 못 살아!”

“아 미안해요. 자다가 깨서 아침인 줄 알았어요. 우리 딸이
카톡을 보내서 그거 확인하려고 불 켰어요. 끄면 되잖아요.”

“미실 언니, 딸이야?”

원장인 것 같았다. 목소리가 아까보다 누그러졌다.

“네, 딸이에요.”

“아휴 딸이 고생이지. 미실 언니가 잘해야 돼. 밥 잘 먹
고 얼른 건강해져야지.”

원장이 마치 나 들으라고 크게 말하는 것 같았다.

“네. 안 그래도 우리 딸이 걷기 운동 열심히 해서 빨리
나으라고 했어요.”

이 말에 원장이 또 소리를 질렀다.

“아니, 지금 죽다 살아온 지 얼마나 됐다고 걷기 운동이
야! 사람들이 정신이 있어 없어, 무슨 기운도 없는 사람한테
걷기 연습을 하라는 거야! 말이 되는 소리를 해야지, 엉?”

왜 저렇게 사람에게 면박을 주지? 못 할 말도 아니지 않
은가. 나도 슬슬 화가 났다. 이걸 참아야 해, 한 번은 따져
야 해?

"네에, 그냥 그렇다는 거예요. 유미야, 이만 끊자."

엄마는 원장의 타박을 듣고도 그냥 굽혀 줬다. 자존심 강한 오미실 여사가 가만 당하고만 있을 사람이 아닌데. 나는 알았다. 엄마가 약속을 지키기 위해 애써 노력하고 있다는 사실을. 엄마에게 너무 미안하고, 화가 났다. 엄마는 아파서 보살핌을 받고 있을 뿐이지, 죗값을 치르고 있는 게 아니란 말이다. 자식 듣는 데서도 저렇게 타박하는데 평소에는 얼마나 심할까? 아무래도 단기간이라도 엄마가 있을 다른 요양원이나 요양병원을 찾는 게 나을 듯싶었다.

그로부터 두 시간 후, 엄마에게서 다시 전화가 왔다.

"유미야, 나 정말 못 참겠어. 나 집에 혼자 있어도 살 수 있어. 응? 그러니까 내보내 줘. 나 여기 더는 못 있어. 이제 한계야. 지금 와. 나 집에 데려다줘."

나는 진지하게 고민했다. 엄마를 데리고 나와야 하나? 두 달, 아니 딱 한 달만이라도 시간이 있으면 좋을 텐데. 그러면 엄마를 보살필 만한 환경을 만들 수 있는데. 하지만 원장이 엄마를 어떻게 대하는지 직접 들었기에 마음이 흔들렸다. 나라도 저렇게 무시당하면 참지 못할 것 같았다.

"알았어. 근데 지금은 밤이라 못 가고, 내일 아침에 갈게. 가서 얘기해."

"너 안 올 거잖아. 지금 와. 지금."

"내일 아침에 간다니까. 약속할게. 내일 만나서 거기 말고 다른 방법을 생각해 보자."

"안 돼. 지금 와 지금!"

"내일 간다니까 엄마! 하루만 버텨 하루만. 응? 이번엔 진짜 갈게."

엄마는 한참을 뜸 들이더니 대답했다.

"그래… 일단 끊자."

나는 전화를 끊고 곧장 오빠에게 전화를 걸어 사정을 설명했다. 아무래도 엄마를 요양원에서 빼내야겠다고. 오빠는 찬성했다. 돌아보면 오빠는 늘 내가 하자는 대로 따랐다. 적극적으로 알아서 뭔가를 하지는 않지만 내가 하자는 일에 딱히 토를 단 적이 없었다. 그저 묵묵히 따를 뿐.

나는 벌떡 일어나 자정까지 하는 대형마트에 갔다. 먹을 것과 각종 생활용품을 닥치는 대로 바구니에 넣고 특대형 기저귀, 요실금 팬티, 방수 패드도 여러 개 샀다. 이제 나도 모르겠다. 죽이 되든 밥이 되든 일단 엄마를 빼내자. 엄마가 하루를 살더라도 자유롭게 원하는 대로 살다 가게 해주자. 집에 가는 게 소원이라는데 어쩌겠어. 게다가 엄마의 정신이 꽤 많이 돌아온 걸 느끼고 있지 않은가.

아침 일찍 요양원으로 출발할 수 있도록 모든 짐을 차에 넣어 두고 집에 올라왔다. 내일 엄마의 소원이 성취되는구

나. 뒤는 하늘에 맡길 셈이었다. 누가 뭐래도 엄마는 자신의 명만큼 살다 돌아가실 것이다. 안 그래도 이미 여러 번 죽었다 살아난 엄마 아닌가.

새벽 두 시가 넘어 알람을 맞추려고 핸드폰을 들었는데 전화벨이 울렸다. 미주 이모였다. 심장이 터질 듯 뛰었다.

"유미야. 너네 엄마, 요양원 탈출했다. 지금 할머니 댁에 와 있어. 맨발로."

정신이 아득해졌다.

창문 넘어
도망친 엄마

"미쳤어 미쳤어 미쳤어! 내가 못 살아 진짜!!"

그 시간까지 게임 중이던 남편이 깜짝 놀라 쳐다봤다. 난 아랑곳하지 않고 미주 이모와 통화를 이어 갔다.

"창문에서 뛰어내렸다고? 돌겠다 진짜. 아니, 할머니 댁까지 어떻게 갔대? 밤중이라 택시도 안 다닐 텐데."

"한참 걷다 보니까 검은 차가 있더래. 차 문 두드리고 10만 원 줄 테니까 읍으로 가자고 했더니 군말 없이 태워 주더래."

"간도 크다. 택시도 아닌 일반 차를 잡아타고 왔다고? 환장하겠네."

"내 말이. 근데 지금 할머니가 걱정이야."

"할머니는 왜?"

"너희 엄마 지금 많이 말랐잖아. 할머니가 충격받으셨어. 엄마 붙잡고 왜 이렇게 됐냐고 계속 우시는 거야. 할머니 겨우 달래서 안방으로 모시고 들어와서 눕혀 드렸어. 너희 엄마는 지금 소파에 누워서 티비 본다."

엄마… 왜 그거 몇 시간을 못 기다려서….

"요양원도 발칵 뒤집혔어. 엄마 없어진 거 알고 그 동네를 맨발로 뛰어다니면서 찾았대. 내가 요양원에 전화했더니 직원이 너무 놀라서 숨을 못 쉬어. 근데 너네 엄마 저 몸으로 어떻게 창문에서 뛰어내리고 걸어왔는지 모르겠다."

"민폐도 그런 민폐가 없네. 하여튼 보통 사람은 아니야…. 아 모르겠다, 이모 얼른 자. 내가 내일 아침 일찍 할머니 댁으로 갈게."

"알았어. 내일 와 그럼."

탈출할 줄이야. 치매 카페에서 가끔 요양원이나 요양병원에서 탈출했다는 글을 보긴 했지만 그게 내 일이 될 줄은 상상도 못 했다. 맨날 뛰어내린다고 협박하더니 진짜로 저질렀네. 무엇을 상상하건 엄마는 그 이상이었다. 내가 얼마나 노력하고 어떻게 머리를 짜내든 늘 최악의 방향으로 전개되어 속절없이 당하고 있었다. 맘대로 되는 게 하나도 없었다. 미칠 것 같았다. 소리를 고래고래 지르고 싶었다.

  그런데 그와 동시에 가슴 한편이 조금은 후련하기도 했다. 묘하게 시원한 기분. 어이없는 웃음이 피식 나왔다. 저 사고뭉치 여인을 어찌해야 하오리까. 그래, 졌다 졌어. 엄마, 이제 엄마가 원하는 대로 살아. 훨훨 날아가. 엄마의 인생은 엄마가 결정해. 나는 이제 엄마가 하자는 대로 할게. 내가 엄마의 딸이고 엄마를 세상에서 가장 사랑하는 사람이긴 해도 엄마의 인생을 좌지우지하는 건 월권이었을지 모른다. 그녀는 주인이 되어 자신의 인생을 살고자 했을 것이다. 아주 짧을지언정.

  다음 날 아침 여덟 시, A시의 외할머니 댁에 도착했다. 그러나 엄마는 거기 없었다.

  "유미야, 너네 엄마 대박이야. 아침에 할머니랑 셋이 공원에 산책 나갔거든? 그런데 할머니 뭐 좀 봐 드리고 고개를 돌렸더니 너네 엄마가 없는 거야. 전화도 안 받아. 아무리 공원을 다 둘러봐도 없어. 근데 나중에 전화가 왔어. 본인 집에 가셨단다."

  눈을 질끈 감았다. 한숨이 절로 나왔다. 그때, 전화가 왔다. 엄마였다.

  "엄마? 어디야 지금?"

"나 지금 집이지. 침대에 누워 있어."

작지만 밝은 목소리였다.

"엄마 왜 거기로 갔어?"

"여기가 내 집이니까 와야지. 어젯밤에도 여기로 올까 하다가 혹시 요양원에서 잡으러 올까 봐 할머니 댁으로 간 거야."

용의주도하기까지.

"혹시 아침에 미주 이모가 요양원에 신고해서 나 데려갈까 봐 집으로 왔어. 이제 아무도 문 안 열어 줄 거야."

"집까지 걸어갔어? 1킬로미터를?"

"응. 걸을 만하던데? 나 이제 다 나았어. 컨디션도 아주 좋아."

"휴⋯. 내가 금방 갈게. 꼼짝 말고 침대에 누워 있어."

"알겠어. 유미야 조심해서 와."

전화를 끊고 미주 이모에게 이만 가 보겠다고 말했다. 밤새 한숨도 못 잤다는 미주 이모의 눈이 퀭했다. 삶에 대한 엄마의 의지는 다른 사람들의 일상을 침해하고 있었다.

엄마 집, 부엌 식탁에 엄마와 마주 보고 앉았다. 엄마는 통화할 때와 달리 몹시 지쳐 보였다. 하지만 눈빛은 반짝반짝했다. 화가 치밀었다.

"엄마, 내가 오늘 아침에 간다고 말했잖아. 고작 몇 시간만 참으면 되는데 그걸 못 참고 탈출하면 어떡해. 얼마나 위험한 짓인 줄 알아?"

"너 맨날 오겠다고 하면서 안 왔잖아. 그러니까 나도 방법이 없었어."

"그래도 나를 믿었어야지. 내가 엄마 안 꺼내 주면 다 이유가 있어서 그러는 거라니까. 휴… 차는 어떻게 얻어 탄 거야?"

"그게, 가만 보니까 일부러 노린 거 같아. 그 근처에 요양원이랑 요양병원이 있거든? 정신병원도 있어. 나처럼 밤에 탈출하는 사람이 가끔 있으니까 태우고 가려고 잠복한 거 아닌가 싶어."

"엄마, 말이 돼 그게? 올지 안 올지도 모르는 사람을 기다리면서 밤을 새운다고?"

"응. 내가 10만 원 줄 테니까 읍으로 가자고 했더니 아무것도 안 물어보고 태워 줬어. 노렸다니까."

한숨이 나왔다. 인신매매면 어떡하려고 아무 차나 덥석 타냐. 진짜 위험할 뻔했네. 지금 여기 살아 있는 게 기적이다.

"엄마 죽을 뻔한 거 알아?"

"죽어도 할 수 없어."

"지금 나랑 오빠랑 이모들이랑 다 엄마 살리자고 이리

뛰고 저리 뛰고 하는데 이렇게 무책임한 말이 어디 있어?"

"그럼 어떡해. 내가 거기서 숨넘어가게 생겼는데."

"숨 안 넘어가."

"넘어가."

확 짜증이 났다.

"아유 진짜! 내가 엄마 때문에 제명에 못 죽어. 왜 이런 짓을 해. 내가 지금껏 얼마나 힘들게 여기까지 끌고 왔는 줄 알아? 나 엄마 나와서 있을 곳 찾아보고 있었어. 요양 등급도 받아야 하는데 요양원에서 받아야 훨씬 쉽게 나와. 일주일만 기다리면 심사 가능 기간이라 기다리고 있는데 왜 이런 짓을 하냐고. 왜 그거 하나 못 기다려. 요양원 탈출이라니, 뉴스에 나올 일이야. 집에 오기도 전에 죽으면 어쩔 뻔했어, 어? 대체 자식들 생각은 하는 거야 마는 거야 정말!"

화가 나서 씩씩댔다. 내가 얼마나 신경 쓰면서 꾸역꾸역이 모든 걸 만들고 있었는데, 그걸 한 번에 와장창 깨 버리다니. 하룻밤도 못 견디고!

엄마는 차분했다.

"너 왜 이렇게 짜증을 내니? 어차피 일어난 일은 일어난 일이고 지금부터 어떻게 해 나가는지가 중요하지. 다 살자고 하는 일인데 잘해 봐야 하지 않겠어? 일단 일주일만 있어 보자. 나한테 다 생각이 있어."

"그 생각이 뭔데 대체?"

"미주 이모랑 같은 교회 다니는 성가대 친구분 있잖아. 그분이 낮에 오셔서 음식이랑 집안일 해 줄 수 있다고 했어. 저번에도 한 번 집안일 도와주셨는데 잘하더라고. 사람을 믿어야 해. 믿고 맡겨야 더 잘해."

그렇게 나도 좀 믿어 주지 엄마.

"그건 그분이 한다고 쳐도, 요양보호사도 아닌데 엄마 기저귀는 어떻게 바꿔 줘?"

"나 기저귀 안 차도 돼. 화장실 갈 수 있어. 혹시 모르니까 요실금 팬티만 있으면 돼."

"요양원에서 한 말이랑 다른데?"

"설사 멈춰서 괜찮아. 오늘 아침에 화장실 가서 용변도 혼자 봤어."

마음이 조금 누그러졌다.

"정신도 많이 돌아왔어. 전화기도 쓸 수 있고, 기억만 좀 깜빡깜빡하는 거 빼고는 괜찮아. 나… 몸도 많이 나아졌어. 오죽하면 그 거리를 걸어왔겠니."

그건 그렇다. 몸은 마른 낙엽처럼 말라 있었지만 눈빛은 초롱초롱했다.

"나 있잖아… 지금 행복해. 나 바라는 거 많이 없어. 그냥 일상을 살고 싶어. 남은 삶을 진짜 사는 것처럼 살다가 가고 싶어. 그렇게 마무리하고 싶어. 행복센터에 가서 바리스타 수업, 영어 회화, 라인댄스… 이런 거 배우고 책 읽고 뜨개질하면서."

엄마는 약간 울먹이더니 잠시 말을 멈췄다.

"나 요양원에서 참으려고 노력 많이 했어. 근데 정말로 1분 1초도 더 못 있을 것 같았어. 엄마는 널 이해해. 나도 같은 상황이면 너처럼 했을 거야. 앞으로 유미 너 걱정 안 시키는 선에서 잘할게. 이제 엄마는 오빠한테 넘기고, 넌 엄마 걱정 그만하고 신경 쓰지 마."

내 눈에서 눈물이 흘렀다. 엄마를 살리기 위해 필사적으로 매달린 나날이 생각났다. 아기, 남편, 시부모님, 이모들, 간병인들, 요양원 직원들, 오빠와 올케언니의 입장까지 생각하며 모두가 최대한 다치지 않게, 민폐 끼치지 않게, 그러면서도 엄마가 최대한 안전하고 행복하게 지내게 하려 발버둥 친 시간들. 죽을힘을 다해 기를 쓰고 모든 것을 다 해도 해결하지 못한 일들을 바라보며 느낀 무력감도 떠올랐다. 엄마도 눈물을 흘리고 있었다.

"유미야, 이제 괜찮아. 엄마 날마다 좋아지고 있어. 그리고… 사는 날까지 사는 거지 뭐. 엄마는 지금 죽어도 좋아. 말했잖아, 뇌수술하기 전에. 죽는 거 하나도 안 무섭다고. 나 그냥 일상을 살래. 너는 할 만큼 했으니까 이제 좀 쉬어."

눈을 감았다. 엄마를 이대로 둬도 될까? 엄마를 살리러 더 뛰어다니지 않아도 될까? 이제 나도 지쳤다. 태생적으로 불안도가 높은 내게 이 모든 일들은 거대한 시련이었다. 어쩌면 내 과도한 불안 때문에 엄마가 자신의 삶을 온전히 살지 못하게 했나 싶었다.

"근데 유미야…. 나 창문에서 뛰어내리는 상상 맨날 했거든? 근데 용기가 안 나더라. 맨날 벼르기만 하고 실행을 못 했어. 근데 어젯밤엔 막 용기가 나는 거야. 왠지 할 수 있을 거 같고. 그래서 눈 꼭 감고 뛰어내렸어. 잘했지?"

엄마가 의기양양한 미소를 지어 보였다. 아마 소심한 그녀 인생에 난생처음 해 본 일탈일 테다. 원래 얌전한 애들이 대형 사고 친다.

"잘하긴 뭘 잘해! 으이구. 요양원에 가서 엄마 짐 찾아올게. 좀 자고 있어."

나는 차에 시동을 걸고 요양원으로 출발했다. 요양원 갈 때마다 느끼는 거지만 길이 참 아름답다. 도로 옆에 나무들이 빽빽이 늘어서 있어서 마치 다른 나라에 온 것 같았다. 처음 요양원에 갈 때는 나뭇잎이 연두색이었는데 이제 완연한 진초록으로 변해 있었다. '요양원 가는 길만 아니면 완벽한 드라이브 코스일 텐데'라고 생각했는데 오늘 비로소 완벽한 길이 되어 있었다.

요양원에 도착하니 원장이 미리 싸 둔 엄마의 짐을 건네주었다. 캐리어에 미처 담지 못한 라디오와 고양이 수면등은 종이 가방에 담겨 있었다. 엄마는 요양원에서도 집에서 하던 것처럼 매일 밤 작은 불을 켜 놓고 라디오를 들었다고 했다.

"혹시 남아 있는 물건 있는지 방에 가 볼래요?"

원장은 기운이 없어 보였다. 괄괄하던 여장부 같던 모습도 온데간데없었다. 자기가 너무 강하게 나가서 이런 일이 벌어졌다고 생각해서일까?

엄마의 방은 비어 있었다. 책상 서랍을 열어 보고, 선반 위를 살펴보고, 옷장도 열어 보았다. 깨끗했다. 침대 옆 창문을 열어 보았다. 이곳에서 엄마가 뛰어내렸구나. 1층이긴 했지만 제법 높이가 있었다. 여길 뛰어내려 탈출할 생각을 하다니, 참 대단한 어르신이야. 창문 너머로 보이는 들판에는 새하얀 들꽃이 가득 피어 있었다. 나도 모르게 숨을 멈췄다. 고요히 부는 바람에 꽃들이 살랑살랑 움직였다. 더없이 아름다운 풍경이었다. 엄마가 이곳을 보고 '여기 너무 예뻐'라고 말했구나. 꼭 꿈에 들어온 것처럼 몽환적인 기분이 들었다.

엄마는 매일 밖을 내다보며 무슨 생각을 했을까? 나갈 수 있다고 생각하면 너무나 아름다운 풍경이었겠지만 나

갈 수 없다는 걸 깨달았을 때도 여전히 아름다웠을까? 더 없이 예쁜 풍경이 지옥으로 변했을 때 엄마가 느꼈을 기분을, 상상하고 싶지 않았다.

엄마의 짐을 뒷좌석에 가득 싣고 엄마 집으로 출발했다. 오늘 저녁엔 아주 맛있는 음식을 한 상 차려 줘야지, 다짐하면서.

에필로그

2024년 늦봄 오 여사 자택, 맑음

"엄마 얼른 와! 시작한다."

엄마가 잰걸음으로 방에 들어왔다. 나는 몸을 들썩여 침대 왼쪽으로 움직였다. 엄마가 내 옆에 누워 베개에 머리를 기대고 보드라운 이불을 목까지 당겨 덮였다. EBS 다큐프라임 〈내 마지막 집은 어디인가〉 3부작의 마지막 회차가 시작되고 있었다.

"어머, 첫 장면부터 우리가 나오네."

"아이고 엄마, 화장을 너무 곱게 했다. 이게 아픈 사람의 얼굴이냐고.”

　화면 속 오 여사는 아픈 사람으로 보이지 않을 만큼 혈색이 좋았다. 오 여사는 담담한 말투로 요양원에서 힘들었던 점이 무엇인지, 요양원이 어떤 식으로 바뀌길 희망하는지, 앞으로 어떤 일상을 살고 싶은지에 대해 이야기했다. 그리고 지금 간절히 원하던 일상을 살고 있어서 행복하다는 이야기도.

　엄마의 인터뷰가 끝나자 세계 여러 나라의 요양원에 관한 내용이 나왔다. 그중 인상 깊었던 곳은 일본의 한 요양원이었다. 이곳에서는 어르신들의 의향을 최대한 존중한다. 어느 정도냐면, 여명이 얼마 안 남은 할아버지가 담배를 피우고 싶어 하면 몇 모금 피우게 해 준다. 우리나라 요양원에서는 상상도 할 수 없는 현실이다.

　“난 저거 이해해. 어차피 살날이 얼마 안 남았는데 저 정도는 존중해야 하지 않을까?”

　예전의 나였다면 ‘무슨 소리! 아무리 그래도 저건 말도 안 된다’라고 했겠지만 지금의 나는 조용히 고개를 끄덕일 뿐이다. 아무리 기를 쓰고 발버둥 쳐도, 심지어 신마저도 죽음으로 달려가는 길은 끊지 못한다. 그렇게 피우고 싶은 담배를 참아 내도, 죽음의 시점을 조금 미룰 수야 있겠지만 피할 수는 없다. 피할 수 없다면 죽음까지 가는 길이 조금 더 주체적이고 존중받아야 하지 않을까? 죽음의 시점까지는 어찌 됐든 '자기 삶'이니까.

엄마가 요양원에서 탈출한 후 난 엄마의 이야기를 인터넷에 연재했다. 스무 편이 넘는 글을 단숨에 쓰게 한 강력한 동기는 '왜 늙고 아프고 죽어 가는 과정이 이렇게 끔찍하다는 걸 아무도 알려 주지 않았을까? 그렇다면 내가 알려 줘야지'였다. 이 글을 보고 연락을 해 온 EBS 다큐프라임 팀과 처음 미팅했을 때 우리가 정확히 같은 문제의식을 공유하고 있다는 것을 알았다. 바로 '삶의 질에 비해 죽음의 질이 너무나 떨어진다'는 것. 대한민국의 젊고 건강한 사람들이 늙고 병들면 어떤 길을 가야 하는지 짐작이나 할까? 그나마 세상에 보이는 노인들은 운 좋게 건강한 사람들일 뿐 온갖 질환과 싸우며 죽음을 향해 가는 노인들의 모습은 드러나지 않는다.

죽음은 피할 수 없다. 그렇다면 우리는 죽는 시점까지의 삶을 '사는 것처럼' 살아야 한다. 최소한의 인간적 존엄성을 지키면서. 안전을 빌미로 침대에 꽁꽁 묶인 채 삶의 마지막을 기다린다거나, 갇혀서 문밖으로 한 발자국도 나가지 못한다거나, 먹고 싶은 음식을 전혀 먹지 못하게 된다면, 그러니까 내 의지대로 할 수 있는 게 하나도 없다면 그걸 '삶'이라 부를 수 있을까? 어떻게 하면 아픈 사람들이

'사는 것처럼 살면서' 웰다잉을 실현할 수 있을까? 어떻게 하면 죽는 순간까지 주체적인 인간으로 지낼 수 있을까? 그것이 엄마의 일을 겪으며 내가 절실히 던진 고민이었다.

하지만 제도의 문제를 떠나, 어쩌면 늙고 병들고 죽는 과정이 본질적으로 초라하지 않은가 싶기도 하다. 죽음은 그다지 숭고하지 않고, 인간은 스러져 가는 서글픔을 감내할 수밖에 없다. 이러한 숙명을 알기에 사람들은 죽음에 가까워진 사람을 기꺼이 돕고 너그러이 품어 주는 게 아닐까?

"나 뇌수술하기 전, 밤에 스마트폰 선생님한테 전화해서 한 시간을 떠들었대. 난 기억도 안 나. 그때 선생님이 이상하다 생각하면서도 그냥 듣고 있었대. 그리고 나 출석한 첫날 가만히 안아 주더라. 다시 와 줘서 정말 고맙대. 내가 더 고마운데."

엄마가 일상을 되찾기까지 고마운 사람이 많다. 생사의 기로에 있던 엄마를 잡아 준 것도 동료 인간들이었다. 자신의 책임도 아닌데 발 벗고 나선 요양병원 의사, 바쁜 중에도 엄마의 말동무가 되어 준 요양병원 영양사, 엄마가 병원 화장실에서 바지를 올리지 못하자 도와준 다른 암 환자, 밤에 잠 못 자는 엄마를 위해 침대 옆 바닥에 자리를 깔고 함께 잔 요양원 직원, 엄마가 허약한 몸으로 걷기 모임에 참여했을 때 옆에서 끝까지 챙겨 준 걷기 모임 회장님, 먼 길을 운전해 엄마를 태우고 휴양림에 데려간 유방암 환우회 친구들…. 엄마와 나 단 둘이서 모든 짐을 어깨에 지고 있다고 생각했는데 알고 보니 다른 사람들이 조금씩 나눠서 져 주고 있었다. 동료 인간들의 작은 도움이 모여 엄마의 삶을 연장해 주고, 오늘 엄마가 평범한 일상을 누리도록 만들어 주었다.

엄마 방 침대 옆에는 포스트잇이 한 장 붙어 있다.

살아나리라

"나는 내가 죽는다는 생각은 1도 없었어."

나는 깜짝 놀랐다.

"미안한데, 엄마가 살 거라 생각한 사람은 1도 없었어."

그 지경이 됐는데도 살 거라 생각했다니. 이건 의지일까, 투지일까, 생명력일까, 아니면… 깡일까. 모두가 엄마의 죽음을 예견할 때 오직 그녀 자신만이 삶을 향해 묵묵히 걸었다. 불안해하거나 주저하지 않고, 그 길밖에 없다는 듯 느리지만 끈질기게 나아갔다. 그녀 사전에 포기란 없었다.

요양원에서 외출해 집에 왔을 때 5월 달력을 뜯어서 6월로 만들더니, 이젠 해를 두 번이나 넘겨 3월 달력을 새로 걸었다. 요양원에서 '살려달라'고 문자를 보냈던 오빠 친구 엄마를 만나 그간의 사정을 설명했다. 차 문도 열지 못했는데, 이제 혼자서 버스를 타고 서울로 항암 치료를 받으러 간다. 밥을 입에 넣어줘야 간신히 삼켰는데, 이제 직접 밥을 안치고 간단한 밑반찬을 만들어 먹는다. 그리고 엄마 생전에 다시는 못 나갈 거라 생각한 모임에 나가 회비 장부를 직접 전달하고, 매달 모임에 참석하고 있다.

요양원 창문으로 뛰어내린 지 1년 반이 지난 현재, 오 여사는 그리 갈망하던 일상을 살고 있다. 월요일은 합창단 모임, 화요일은 화요 걷기 모임, 수요일은 하와이 훌라춤, 목요일은 스마트폰 강좌, 금요일은 영어 회화, 토요일은 토요 걷기 모임에 참여한다. 일요일은 교회에 간다. 엄마가 갈망하던 삶은 이런 평범한 일상이었다. 그리고 지금 엄마는 그토록 행복하다.

엄마가 겪은 일이 얼마나 기가 막히고 놀라운 것이든, 그녀의 인생은 현재의 일상이 규정할 것이다. 암에 네 번이나 걸리고 요양원에서 탈출한 일은 이제 엄마 인생에 아무 영향도 미치지 않는다. 그저 오늘 어떤 산책을 하고, 어떤 점심을 먹고, 누구와 통화하느냐가 엄마의 인생을 채울 것이다. 그게 엄마 삶의 본질이 될 것이다. 사실 대단한 무언가가 삶을 이루는 건 아니다. 매일을 채우는 일상의 합이 인생일 뿐이다.

결국 엄마는 자신이 믿는 대로 됐다. '나는 살 것이다' 했는데 정말 살아났다. 그러나 언젠가 엄마의 삶도 끝이 나겠지. 그때까지는 살 일이다. 사는 것처럼 살면서.

오미실 여사의 글

나는 오늘도 꿈꾼다. 돌로미티 푸른 호수 옆 초원을 걷는 꿈을. 내게도 꿈 많던 시절이 있었다. 음악을 틀어 놓고 밤새 책 읽으며, 그 안에 내 삶을 대입해 인생을 누구보다 다채롭게 꾸며 가고 싶다는 설렘이 있던 시절.

칠십일 세가 되어 지난날을 되돌아본다.

나는 최초로 암 진단을 받은 날을 기준으로 내 나이를 기억하게 됐다.

유방암이 발병한 쉰다섯 살. 암 진단을 받기 전까지 삶은 자유로웠다. 여행 자유화 이후 시작된 나의 해외여행은 서

유럽, 동유럽, 아시아 국가들을 거치며 계속 이어졌다. 패키지여행도 있었지만 대부분 며칠에서 몇 달에 걸친 자유여행이었다. 여행을 별로 좋아하지 않는 남편이 내게 '당신이 안 가 본 데가 있느냐'고 할 정도로 많은 곳을 가 보았다. 집에서 집안일하고 책 읽는 것을 좋아하는 나였지만 운동화만 신으면 용감해졌다. 운동화를 신고 길을 나서면 무엇이든 할 수 있고 어디든 갈 수 있을 것 같은 자신감이 솟아났다. 암 진단 직전 해에는 평소 꿈이었던 단풍 든 풍경이 무지하게 예쁜 춘천 마라톤 풀코스를 완주했다. 그 다음 해에는 세 시간 안에 들어오는 '서브3'까진 못 해도 네 시간 안에는 완주할 수 있을 거라 자신했는데, 암 수술 때문에 삶에서 마라톤은 끝나 버렸다.

당시 수술 날짜를 잡고도 가족들에게 알리지 않았다. 알린다고 해서 달라지는 것도 없는데 미리 걱정시키고 싶지 않았다. 끝까지 비밀로 하려고 했지만 수술 날 보호자가 동행해야 해서 어쩔 수 없이 남편에게 털어놓았다. 남편은 '어떻게 나한테도 말을 안 할 수 있느냐, 내가 남편이 맞느냐'며 너무나 서운해했고 그 후로도 오랫동안 서운한 마음을 표했다. 수술 후 남편이 아이들을 병원으로 불렀다. 딸은 2주 동안 여행 간다고 나간 엄마가 암 수술을 마치고 병상에 누워 있는 모습이 너무 속상하다면서 대성통곡을 했다. 나는 여덟 번의 항암 치료와 서른세 번의 방사선 치료를 무사히 견뎌 냈다.

유방암을 겪은 후, 삶에는 오히려 더욱 활기가 돌았다. 문화센터에 나가 영어 회화 수업을 듣고, 뜨개방에서 사람들과 수다를 떨며 인형과 스웨터를 떴다. 걷기 모임에 가입해 전국의 나들길, 올레길, 둘레길을 걷고 때로는 해외로 걷기 원정을 떠났다. 딸과 함께 3주 동안 미국과 캐나다 여행도 했다. 라스베이거스 카지노에서 돈도 조금 따고, 그랜드 캐니언도 보고, 로키산맥도 오르고, 레이크 루이스에도 가고, 에메랄드 호수 앞 오두막에서 벽난로에 불도 때고, 딸의 캐나다 친구와 만나 맛있는 피자를 먹고 밴프 노천 온천에도 갔다. 이제 남은 건 산티아고 순례길이었다. 산티아고 순례길을 끝도 없이 걷고 싶었다. 이제 내 인생은 건강한 노후로 들어서는 듯했다.

유방암 수술 후 10년이 지나 완치 판정을 받은 기쁨도 잠시, 예순여섯 살이 되던 해 신우암이 발병했다. 신장 바로 밑에 7센티미터 크기의 악성 종양이 자라나고 있었다. 또다시 수술대에 올랐다. 오른쪽 신장과 요관을 다 떼어 내고 방광도 일부 제거했다. 수술 후 나는 아무 일 없었다는 듯 다시 일상을 살았다. 시골에서 엄마를 모시면서 혼자 운전해서 항암 치료를 받으러 다니고, 걷기 모임과 문화센터

강좌에 참여했다. 2년 후 암이 폐로 전이되어 수술로 한쪽 폐를 떼어 낸 뒤에도 똑같이 일상을 살았다. 그러나 예순아홉 살 봄, 엄마로부터 독립해 홀로 살게 된 집에서 쓰러진 후 내 인생에서 거의 1년이 사라졌다. 암 덩어리가 뇌로 전이된 탓이다.

이 시기가 잘 기억나지 않는다. 이전까지 세 번의 암 수술을 받았지만 뇌로 번진 암은 달랐다. 암이 뇌로 전이되고 나서는 의지대로 할 수 있는 게 아무것도 없었다. 화장실에서 정신을 잃어 머리를 열두 바늘 꿰맸고, 이해할 수 없는 이유로 모호한 과정을 거쳐 요양원에서 지내게 됐다. 두 달쯤 지냈을까? 나는 더 이상 그곳에 있고 싶지 않았다. 한시라도 빨리 빠져나가고 싶었다. 수십 번 망설이다 나는 창문에서 뛰어내렸다. 밤 열두 시에 창문을 열고 맨발로 탈출하여 양말 속에 감춰 뒀던 십만 원으로 택시비를 냈다. 바로 집으로 돌아가지도 못하고, 엄마 집으로 갔다. 혹시 요양원에서 나를 잡으러 올까 봐.

나는 다시 일상을 살고 있다. 몸이 예전 같진 않지만 이제 일주일에 세 번은 걷기 모임에 나갈 수 있다. 훌라춤을 배우고, 스마트폰 수업도 나간다. 노인회관에서 친구도 여럿 사귀었다. 24시간 돌봐 주시던 요양보호사님도 이젠 안 오시기로 했다. 내가 많이 아플 때 작별 인사를 했다던 친지들은 기적이라 말하고, 교회 분들은 하나님의 은혜라고 말한다.

이제, 내 삶을 가만히 생각해 본다. 만약 다시 젊은 날로 돌아갈 수 있다면 어떻게 살까? 아마 하고 싶은 일을 그때그때 할 것이다. 나는 산티아고 순례길을 너무 가고 싶었다. 그날만을 꿈꾸며 십 년 넘게 영어 회화 수업을 들었다. 중간에 기회도 있었지만, 노모를 모시다 독립해서 70세에 가겠다는 야무진 계획 때문에 계속 미뤘다. 하지만 뇌수술을 한 70세의 나는 이제 혼자서 비행기도 탈 수 없게 되었다. 인생이 그런 것인가 보다.

젊은 날 타인의 눈을 의식해 나름 고상한 척, 행동도 바르게 말도 교양 있게 하려고 애썼다. 끊임없이 나 스스로를 어떤 완벽한 틀에 맞추려고 했다(어쩌면 내 완벽주의 성향 때문에 암에 걸린 건 아닐까 하는 생각도 든다). 그렇게 매사에 애쓰며 살았지만 한편으로는 무척이나 게을러서 원했던 바를 다 이루지 못했다. 어렸을 때 조금 더 열심히 공부할걸, 동네에서 글 잘 쓰기로 유명했는데 소설도 좀 써 볼걸, 영어든 뜨개질이든 마라톤이든 조금 더 푹 빠져서 열심히 해 볼걸…. 하지만 결국 다 흘러간 것. 이루지 못한 것들이 그렇게 중요한가 싶기도 하다. 삶이 별건가. 가장 중요한 건

매 순간 행복한 건데. 오늘이 행복해야 내 일생이 행복한 거 아니겠나.

늦지 않았다. 내게 다시 삶이 주어졌으니. 비록 뇌수술 이후 예전만큼 정신이 또렷하지 않지만, 괜찮다. 아직 살아 있으니. 80세가 된 날 (그때까지 살아 있다면) "70세 그때라도 했더라면 좋았을걸" 하며 후회 없도록, 오늘을 기쁘고 행복하게 살고 싶다. 주위 사람들을 더 많이 사랑하고, 하고 싶은 일들을 하며 하루하루 충실히 살고 싶다.

"어제는 히스토리, 내일은 미스테리, 오늘은 기프트."

우리 영어 선생님이 하신, 내게 딱 맞는 명언이다.

나는 오늘도 선물처럼 주어진 날을 기쁘게 누리고 있다.

고마운 분이 참 많다. 화장실에서 넘어져서 머리가 찢어져 한밤중에 맨발로 나와 택시를 잡았을 때, 택시 기사님은 응급실 앞까지 나를 부축해 가서 벨을 누르고 인계해 주었다. 택시비는 나중에 입금해 준다고 하니 한사코 사양하시며, 복 받는 일 하고 싶다고 그냥 가신 택시 기사님께 두고 두고 감사하다. 3주에 한 번씩 항암 치료를 하러 가면 내가 살아났다고 진심으로 기뻐해 주시는 맘 좋은 종양내과 교수님께도 감사하다. 스마트폰 선생님은 내가 뇌수술하고 정신없을 때 전화해서 한 시간 넘게 이상한 소리를 했는데도 그냥 들어 주셨다고 했다. 1년쯤 지나 스마트폰 강좌에 출석하니 날 꼭 안아 주며 전화해 보고 싶었지만 무서워서 못 했다고, 건강해져서 너무 잘됐다며 진심으로 기뻐해 주셨다. 걷기 모임 회원님은 나들길에서 일부러 천천히 걸으며 내 배낭을 매 주신다. 물론 가족들은 말할 것도 없이 감사하다.

　이제 더 건강해져서 나도 다른 이들에게 도움이 되고 싶다.

2025년 봄,
오미실

창문 넘어 도망친 엄마

요양원을 탈출한 엄마와
K-장녀의 우당탕 간병 분투기

1판 1쇄 발행 2025년 3월 28일
1판 3쇄 발행 2025년 5월 30일

지은이 유미
펴낸이 김성구

책임편집 양지하
콘텐츠본부 고혁 김초록 이은주 류다경 이영민
디자인 이응
마케팅부 송영우 김지희 김나연 강소희
제작 어찬
관리 안웅기 이종관 홍성준

펴낸곳 (주)샘터사
등록 2001년 10월 15일 제1-2923호
주소 서울시 종로구 창경궁로35길 26 2층 (03076)
전화 1877-8941 | 팩스 02-3672-1873
이메일 book@isamtoh.com | 홈페이지 www.isamtoh.com

ISBN 978-89-464-2302-2 03810

· 값은 뒤표지에 있습니다.
· 잘못 만들어진 책은 구입처에서 교환해 드립니다.

샘터 1% 나눔실천
샘터는 모든 책 인세의 1%를 '샘물통장' 기금으로 조성하여 매년 소외된 이웃에게
기부하고 있습니다. 2024년까지 약 1억 1,650만 원을 기부하였으며, 앞으로도 샘터는
책을 통해 1% 나눔실천을 계속할 것입니다.